GOBOOKS & SITAK GROUP©

GOBOOKS
& SITAK
GROUP ©

三日月書版

三日月書版

輕世代
FW155
Residence of Monsters
妖怪公館の新房客
5 学園祭Troubles!
NOVEL 藍旗左
ILLUST
三日月書版

妖怪公館の新房客

《人物設定》

封平瀾

人類，曦舫國際學園高一新生。
極度樂觀，少根筋，經常搞不清楚狀況。
必須打工賺取學費生活費，使得個性上也有窮酸摳門的一面。
身兼多職導致易疲累，因此非常討厭休息時被打擾，有嚴重的起床氣。
有著手賤的毛病，熱愛肢體接觸。

奎薩爾

妖魔（羽翼蛇），公館內眾妖之首。
孤高冷厲，長相英俊但萬年臭臉。對自己在妖魔界的主子雪勘皇子非常忠心。
討厭人類，但在封平瀾身上看見和自己主子相似之處，
所以不自覺對封平瀾產生微妙的好感，然後又因此感到生氣懊惱。
偽裝身分：校醫

百嘹

妖魔（魔蜂）。
長相俊美，心機深沉，總是帶著玩世不恭的笑容，因此極受女性歡迎。
輕佻的說話方式，讓人無法分辨其話語中是謊言還是真心。重度嗜吃甜食。
偽裝身分：學生

墨里斯

妖魔（黑豹）。
火暴衝動，豪邁不羈。
個性好惡分明，喜怒形於色的硬漢。
喜歡鍛練身體，動作粗暴，常會弄壞東西。
私底下非常喜歡小動物。

希茉

妖魔（妖鳥）。
個性內向畏縮，瀏海蓋過半張臉，害怕與異性接觸。
私底下非常喜歡看重口味的少女漫畫和言情小說。

冬犽

妖魔（雪貂）。
溫柔木訥的好男人，被觸及地雷會變得非常恐怖。
喜歡做家事，有點潔癖，料理苦手。
缺點是愛亂花錢，對於家電和清潔用品毫無招架之力。
偽裝身分：學生

璁瓏

妖魔（龍）。
神經質小心眼又愛記恨的傲嬌一枚，
記憶非常好，腦中有人界和妖界的所有知識。
有搜集汽車火車模形的嗜好，但不管坐任何陸上交通工具都會暈車。
偽裝身分：學生

曇華
妖魔（花妖）。
個性謙卑拘謹，溫柔和善。
封印被海棠解開，從此忠心侍奉海棠。
海棠
人類，曦舫國際學園高一新生。
高傲的小少爺。
個性火爆易怒，好挑釁爭鬥，有時又容易鑽牛角尖、陷入彆扭之中。

妖怪公館の新房客

目錄

Chapter1

同樣是跟蹤入侵，長得帥的叫怪盜，長得醜的卻叫癡漢

入冬，寒夜，滿月。

市中心邊緣的住宅區，一棟棟精緻典雅的房屋，呈現有如童話小鎮般的夢境。但整片社區裡只有零星幾棟房亮著燈，大半數的屋子浸染於夜色裡，有如沉在海底的船艦。輝煌富麗的路燈，掩飾著寂寥的冷清。

藍色轎車穿過空蕩的街道，駛入其中一棟灰色樓房的車庫內。屋內燈光亮起，門外保全系統的綠色燈號也隨之點亮。對街仍掛著房屋仲介廣告的小屋裡頭一片漆黑。但在二樓窗戶後方，有一道人影佇立，靜靜地凝望著那亮著燈的房間。

灰色樓房的二樓，落地窗前的米白色窗簾拉上，隔絕著房內的景象，但透光的窗簾布上卻映出一道身影。

黑暗中的人莞爾。

多麼可人的天使……

窗簾後的身影舉起了手，將長髮挽起，在後腦勺紮了個簡單的髻。接著，手移到胸前，解開鈕釦，輕輕地褪下襯衫，隨手擱在一旁。

他看不見窗後的景象，只看得見影子，反而比直接看見實體更讓人興奮，更引人遐想。

玲瓏的身影走到床邊，一腳抬起踩在床緣，接著，纖細的手伸到胯下，豪邁地抓了起來。

黑暗中的人愣愣。

窗簾後的身影忽然重重一頓，接著大腿間的手順勢向下移動，褪下絲襪。

黑暗中的人鬆了口氣，微笑。

原來是在脫絲襪……真是淘氣的小東西。

窗後的人影轉身，離開房間。黑暗中的人淺笑，他知道她是去洗澡，他也知道她洗澡時間通常要耗費將近一個小時。

他已經觀察她兩週了，他的天使。而今晚，他將會離去；在離去之前，他會帶走她的一部分，作為這兩週美好時光的紀念。即便她自始至終都不曉得他的存在。

大約四十分鐘後，窗簾上再度透顯出玲瓏的身影。影子走到牆邊，坐下，接著舉起吹風機吹乾秀髮。

今天動作比較快呢……

吹乾秀髮，身影走向床鋪，躺在床上。

他知道她在看電視，她總是會看大約半小時左右的電視才入睡，有時甚至開著電視就睡著。她喜歡看西洋文藝電影，他猜測，或許她也嚮往著影片中美好而純粹的戀情。

只要施個小咒語，他便能聽見屋裡的動靜，他聽過那些影片裡幽美的旋律，深情的對白，以及她因劇情而感動落淚、輕輕啜泣的聲音——

啊，多麼天真可愛的天使……

「──張開，聽話……」

「……去感受這一切吧──」

「啊嗯！」

高級音響配備，傳出濕黏的喘息聲，和肉體拍打的聲響。

黑暗中的人微愣。

頻道忽地切換，尖銳狂暴的貓吼聲響起，一旁有著專業冷靜的男性解說。

「……喵喵喵嗚！」

「──新加入群體的貓兒，使牠對自身處境感到不安與恐懼，所以非常地抗拒別人的觸碰──」

什麼？

頻道再度切換。

「──超強去汙力！只要噴灑靜置二十秒，輕輕一抹，陳年頑垢自動脫落，再度潔白如新──」

黑暗中的人蹙眉，困惑。

頻道再次切換，出現了清新悠揚的音樂，襯托著男女深情交談的聲音。

黑暗中的人露出釋懷的微笑。

沒變。一切正常。

過沒多久，電視關閉，然後燈光暗去，影子隨著燈滅而消失。

他看不見屋裡的景象，但仍聽得見聲音，手機放上床頭櫃的聲音，床墊擠壓的聲音，棉被拉扯的聲音，身體輾轉反側的聲音。約二十分鐘後，傳來的是穩定而深沉的呼吸聲。

天使睡著了。該行動了。

他伸手，從口袋中拿出雪白的半罩面具，戴上。推開窗，站上窗臺，低吟了聲咒語，接著縱身一躍，身子像是紙張一樣緩緩降落，身後的黑色斗篷隨風飄動，有如黑色的蝙蝠雙翼。

他對這樣的視覺效果感到非常滿意。

走向灰色樓房，輕盈地躍過前院外牆，來到大門前。他伸手覆上保全系統設定處，下一秒綠燈暗滅，系統解除，大門的門鎖也隨之解鎖。

他微笑，但並未轉開門把長驅直入，而是轉身原路退回，躍過柵欄，回到對街空屋的二樓，接著再次從窗臺縱身躍出。這一次，他在空中橫越街道，翩然降落在對向的陽臺上，落地時他順勢旋身，斗篷俐落地捲收，動作流暢。

他在心底暗暗為自己鼓掌叫好。

伸出戴著雪白手套的手，推開窗，步入屋中。月光灑入，勾勒出屋內景物的輪廓。

以粉色調為主體的房間，典雅而精緻，淺褐色的書櫃上放著散文和心靈成長方面的書籍，以及旅遊時買回的玩偶和擺設。

他微笑著點了點頭。很好，非常完美，果然是他心目中理想的天使……

深吸一口氣，小蒼蘭的精油香氣襲來。他微笑，但隨之乳香味和醇酒的氣味冷不防地閃現。

他困惑地低頭嗅了嗅自己的身上，皺了皺眉。

大概是工作時沾染上的吧……今天來得有點趕，來不及仔細清洗。

他轉身，走向房間中央。米色的床鋪上隆起一座小丘，黑色的長髮覆蓋在肩上，遮住了大半張臉。

他抓住棉被的一角，輕輕向下拉扯，露出了隱藏在底下的身子。

床上纖瘦的身軀側臥，微微蜷縮，雙腿交疊，有如人魚一般。雪白的肌膚上，穿著的是深紫色雪紡絲綢睡衣，長度及臀，但此時半捲到腰上，半透明的布料完全無遮掩效果，朦朧地透出了底下構造繁複華麗的蕾絲內衣，兩腿交疊處若隱若現的是同款的內褲，是綁帶式的，緞帶在腰際打了個完美的蝴蝶結。

他愣愣。沒想到他純潔的天使竟然有如此狂野的一面……

這和他預想的有些出入，但是，但是……

他看著那細緻的勾花蕾絲，咽了口口水，微笑。

這樣也不錯。

他照著以往的慣例，從斗篷下拿出預備好的粉色蓮花，擱在床頭櫃上，然後輕牽起放在枕上的手。出乎意料，她的手掌比他預想的還大。

他在手背上留下一吻。

「這樣就夠了嗎？」嬉笑的詢問聲從衣櫃裡響起。「好純情喔！」

他嚇了一跳，正欲逃竄，忽地床上那雙交疊著的雙腿張開，側踢他的腰，將他扳倒。還來不及反應時，一股重量自下反撲，將他壓制在床面。

中計了！

他知道該立即反擊，但對女性施暴有違他的原則，何況對方又穿著這麼——

等等！

他瞠目瞪著眼前的胸膛，發現那華麗的內衣下方一片平坦。

「你沒有胸部！」

「廢話！」不屑的哼聲響起，「敵人可不會因為你的性別對你手下留情。為這點小事而動搖，真沒出息。」

他皺眉，惱怒地朝身上的人揮拳，拳頭上附加了攻擊咒語，閃著紫色的光輝。

但是拳頭在打中目標之前，便被一旁襲來的火紅色衝擊波給打下，偏離了拳路。

有同夥！

他詫然，但未亂了陣腳，反應敏捷地猛轉過身。

身上的人重心不穩，倒向一旁。壓制減弱，他靈巧地抽身，躍下床，往尚開著的窗臺衝去，但距離窗口一步之遙時，一陣風颳起，窗扉猛地閉合。同時，狂風像是無形的襲擊者，將他推撞到牆上緊緊壓制，令他動彈不得。

「逮到了！」

房門、浴室門、衣櫃門應聲開啟，埋伏在其後的人馬一一現身。

面罩下的雙眼瞪著敵方，咬牙扼腕。他低咒了聲，這是他人生的敗筆。

「成功了！」封平瀾步出衣櫃，開心地走向璁瓏，拍了拍對方的肩，「太棒了！璁瓏！這位仁兄根本完全臣服拜倒在你的蕾絲睡衣下！我的眼光果然沒錯！」

希茉看見璁瓏的打扮，瞪大了眼。她欲言又止，支吾了好一陣，最後吐出了不滿，小聲地質問。

「你怎麼拿我的……我的衣服……」

「他叫我換的。」璁瓏指向封平瀾。

希茉哀怨地看向主謀。

「我昨天和妳借的呀！」封平瀾率然開口，「我不好意思擅自進入女生房間，所以就從晾衣架上直接拿啦。幸好還算合身。」

「但、但是……」沒說連內衣都要借啊！

「妳平常都穿這種？」璁瓏質問，同時伸手抓了抓兩腿之間，「不覺得難受嗎？」他才穿一下子就渾身發癢。

「那個……是真絲……」希茉細聲辯駁，同時對封平瀾提出質問，「有必要……做到這樣嗎……」

「我想說畢竟對方是專業變態，所以尊重專業，這樣才能讓他上勾。」封平瀾咧嘴一笑，「對吧！生殖怪盜‧淫穢魔術師先生？」

「是紳士怪盜‧銀月魔術師！」潛入者怒聲反駁，接著瞪向璁瓏，「把你的腿闔上！不要再抓了！」

「囉嗦！不然你來穿啊！」

「只是個腦子有問題的變態，沒有很難嘛。」墨里斯盯著眼前動彈不得的人，挑眉，

「十二次緝捕失敗？想不到召喚師那麼廢。」

紳士怪盜‧銀月魔術師。從五年前開始活動，在犯案前會寄出印著蓮花押花的不具名明信片給目；總是在滿月之夜行動，潛入單身女子房間，留下一束蓮花，並為對方塗上珊瑚色口紅，拓下唇印後離開。

由於受害者沒有明確的財產損失，也沒受到任何身體或心理的傷害，因此犯人一直都被認為是個單純的變態。但因為犯罪現場有許多難以解釋的事，所以協會將他列入待觀察的追查對象，派遣各地的維安隊前往察視，並未積極追捕。直到兩年前一名女子慘死在屋內，心臟被挖出，凶案現場發現了玫瑰，死者的嘴上塗著珊瑚色的口紅，協會才開始關注這位「紳士怪盜」，並將之列入通緝名單裡。

雖然只是個D級案件的小角色，但因緝捕者總是失手，所以獎金水漲船高，與A級案件相當。

D級以下的案件不需向中央報備，只要附押金便能取得資料、執行委託，因此殷肅霜允許封平瀾一行人自行接案，只需事前報備即可。

他們在一週前接下了任務，追蹤到此處。原屋主在下班後被百嘹施以暗示，返回老家。從過往的紀錄來看，封平瀾推測紳士怪盜可能對妖氣和咒語非常敏感，或是用了某些方式偵查到召喚師和妖魔的存在。為了避免打草驚蛇，眾妖沒施展任何咒語，先由封平瀾開著原屋主的車，載著大家進入屋中。

至於璁瓏，則是嘴巴被貼上封箱膠帶，以免嘔吐物側漏，並放置後車廂，直到抵達時才放出更衣。

原本封平瀾自告奮勇扮演屋主，但因紳士怪盜有殺人前科，契妖們擔心放封平瀾在第一線當誘餌會有危險，所以改派身形相似的璁瓏上場。

至於身為唯一女性的希茉，則因演技太生硬不列入考慮。

從過往的案件紀錄推測，紳士怪盜可能會在住宅附近觀察，甚至有可能裝竊聽器或類似的咒語，因此整個過程中，眾人緘默不語，只靠手勢和紙筆對話。

一切都照計畫進行，也如計畫所預期，順利地逮捕了目標。

「你們是協會的人？」紳士怪盜挑眉，望向封平瀾，「你是召喚師？他們是你的契妖？」語調裡帶著懷疑。

「我是啊。」封平瀾回答，內心卻因心虛而抽動了一下。「為什麼這樣問？」

「因為你看起來一臉蠢相！可以不要廢話了嗎？快點撤退吧！」璁瓏不耐煩地催促，「把這變態殺手送到殯儀館那裡，我回家還得採收彩蛋樹的果子。」

「我沒有殺過人。」紳士怪盜嘆了口氣，「那不是我幹的。」

璁瓏不以為然地哼了聲，「是喔，穿著斗篷、戴著面具，半夜潛入女性房間偷窺，真是有說服力呢！」

「我是紳士怪盜，踏月而來，留香而去。我偷的是少女芬芳氣息，我索取的是純潔的唇印，做為一頁青春年華永恆的紀念；我留下花朵，代表我的熱情與真心，為我們的偶遇留念，為我的薄情離去道歉。」男子吟詩般地呢喃，為自己辯白。

「我開始擔心了……」百嘹苦笑，「面具拿下來後該不會是白理睿吧。」

「不可能是理睿啦。」封平瀾否認。

「喔？」百嘹挑眉，「你信任他？」呵，真是堅定的友情吶。

「因為理睿怕高，不可能從三樓跳下來呀。」封平瀾轉頭望向被冬犽的風咒禁錮在牆上的紳士怪盜，伸出了手，「讓我們看看你的尊容吧，怪盜先生！」

「恐怕不行。」面罩下的半張臉揚起嘴角，「我的面具只讓專屬於我的天使摘下。」語畢，身子一使力，風咒瞬間消失，他向前一躍，撞開擋在面前的封平瀾，朝著窗口衝去。

在交會時，封平瀾聞到了一股味道。複雜的氣味，有點熟悉，但一時之間難以想起，眼前的景況也不容他分心回憶。

冬犽錯愕，沒料到對方能掙開自己的咒語，但立即回神，召出風刃，朝著對方射去。同時間，墨里斯投出炎球。

風刃將斗篷和西裝割出裂口，炎球將斗篷瞬間燃成灰，但男子的動作並未停止，彷彿不受影響。他將手伸入口袋中。

窗外出現一道人影，懸飛在三樓高的空中。

隨即，一記閃光自屋外亮起，刺眼的光芒讓屋裡的人閉上了眼。

「是契妖！這傢伙是召喚師！」

紳士怪盜撞開落地窗，準備躍向外頭。希茉趕緊輕敲音叉，在屋外張起音壁，但絲毫沒有阻隔效果，對方握著屋外人的手跳向地面。

百嘹長臂一揮，數十道金針射去，射中那穿著厚重風衣、戴著帽子口罩與墨鏡的契妖。

「啵！」

細小的爆破聲響起，但中招的契妖悶不吭聲，隨著主子一同降落。

奎薩爾動也不動地站在原地，向窗外瞥了一眼。外頭地面上的影子開始扭曲、祟動。在紳士怪盜掉落地面時，影子像水花般激躍而起，自下而上，將對方包裹束縛。

影子裡的人掙扎，影子隨之變形。

「抓到他了！」封平瀾站在窗邊，興奮地開口。

但下一刻，一雙手自黑影中穿出，隨即是頭部、軀幹、雙腳，整個人自影籠中脫離，背上還背著那穿著風衣的契妖，兩人一同竄出。

眾人錯愕。竟有妖魔能破解奎薩爾的影咒？

奎薩爾面無表情，但眉頭也微微蹙起。

紳士怪盜飛快地穿過前院，推開外牆上的鐵門。

「嗶！嗶！異常發生！異常發生！」保全系統的警報聲響起，在整棟屋子迴盪。

「怎麼回事?!」

「他觸動保全系統！」

黑色的身影奔向街道，一臺停在街角的汽車車燈亮起。他衝向汽車，開門，縱身躍入車中，火速發動引擎。墨里斯、璁瓏和冬犽對著車發出攻擊，但大多被防禦咒語擋下，只在車身留下幾處凹痕、打破了兩扇車窗。

車子加速直衝，在行經巷口時猛地轉彎，發出刺耳的煞車聲，接著在通過轉角處時，像是融解般消失無蹤。

眾人站在窗邊，看著空盪盪的街道。警報聲依舊迴響著，彷彿在嘲笑他們的失敗。

「叫那婆娘閉嘴！」墨里斯焦躁地怒吼。

「要解除設定才能停止……」

「那就解除！」

「但是我們沒有保全設定卡。」

電話鈴聲響起。

「又是什麼鬼！」

「應該是保全中心打來關切了。」

墨里斯惱怒地揮掌，一道火爪擊中電話，將之爆裂成碎片，徹底而有效地阻斷了鈴聲。

「呃，其實接聽一下會比較好。」封平瀾抓了抓頭，「我們有屋主的個人資料，希茉可以偽裝成她，以誤觸警報為理由打發保全——」

「只是一通電話，不接又怎樣！」

「不接的話，保全人員就會親自過來關切，我們得花更多時間去解決。」百嘹雙手環胸，無奈地看著墨里斯，「你什麼時候才能進化成草履蟲呢？我一直期待能和更高階的物種當隊友。」

「閉嘴！」先手的挫敗和懊惱讓墨里斯一肚子火。他一伸手，四道燄爪便朝著百嘹襲去。

百嘹還來不及迴避或出手，四道燄爪便在半空中被無形的風拍滅，化成零星火屑掉落地面。

冬犽的手停在空中，維持在發動攻擊時的姿態。他的臉上掛著微笑，看起來卻無比地猙獰。

「不要再破壞屋子了，這些……」冬犽一字一字地道，「都・是・要・賠・錢・的……」

墨里斯臉色驟變，氣燄瞬間收起。「……我會負責的。」

百嘹看了冬犽一眼，沒多說什麼，隨即轉開目光望向窗外。

冬犽微微皺眉，暗嘆了聲。

屋外傳來汽車靠近的聲響，是保全人員到了。

目標逃離。

D級任務，紳士怪盜．銀月魔術師緝捕案，第十三次逮捕失敗。

雅努斯殯儀館。

寬敞的地下室內，七個人影站在雜亂的櫃檯長桌前，臉色相當難看。

「失手了呀？」蜃煬嚼著口香糖，撐著頭，聚精會神地盯著手中的水中套圈圈玩具，無視面前一排臭著臉的訪客。「紀錄又刷新了呢。」

「那傢伙什麼來歷？」

「就是不知道才要你們調查呀。」蜃煬盯著小窗口裡的圈圈，按下按鈕，無形的水柱將圈圈沖向上方，與懸在空中的柱子擦身而過，沉回底部。「啊呀！差一點！」

「那傢伙能破解我們的攻擊，不是簡單角色。」璁瓏開口。「這任務應該是D級以上的吧？」

「雖然是D級案件，但因為失敗率太高，所以賞金也提升了，否則只是抓個變態怎麼可能有兩萬五美金，那裡面有一半是放棄者的押金啦。」

「我不懂為什麼D級任務要交押金？這太不合理了！」璁瓏繼續抗議。

「因為你失手的話會讓目標有所警覺，讓後面的接案者更難辦事。」蜃煬解釋，「至於

C級以上的任務，失敗的話通常非死即傷，出於人道關懷，不收押金，就當作是雅努斯慰問的奠儀，哈哈哈哈哈哈！」

蜃煬連續壓按按鈕，整顆頭隨著小水盒裡的圈圈一起移動，畫了個弧，可惜還是錯過。

「況且，要是紳士怪盜真的那麼厲害就不用逃啦。過去的接案者雖然都失手，但從來沒有傷亡發生。除了一個剛入行的新手在逃離時被保全逮到，吃了幾記警棍而已。啊，又失敗了，討厭。」

「那傢伙是召喚師，協會這裡沒有相關紀錄？」

「召喚師以契妖作為辨識身分的憑據，你們連那契妖的長相和能力都不確定了，根本無從查起。更何況，對方還有可能是未入籍的不從者呢。」蜃煬的嘴裡吹出了個紫色的泡泡，破裂後伸舌將之捲回口中，繼續咀嚼，「其實你們已經做得很不錯啦。過去的接案者多半還沒看見他的影子就被他識破逃掉了，連對方是僭行的妖魔還是不從者都無法確認呢。」

圈圈第四度沉下，蜃煬皺起了眉。

「那個……」封平瀾忍不住開口。「把盒子傾斜，趁圈圈落在中間時直接移動盒子，讓柱子去接，這樣會比較容易套中。」他伸手在空中示範。

蜃煬照做，順利地套中了最後一個圈。

「噢耶！謝啦！」他開心地拍手，滿意地放下玩具，抬眼望向封平瀾，「我聽說那個藍毛的一搭車就會變噴泉，他扮屋主的話，車子是誰開的？」

「我啊。」封平瀾承認。

「喔？」蜃煬挑眉，「你在哪學的？」

封平瀾不好意思地抓了抓頭，小聲開口，「……湯姆熊。」

蜃煬愣了幾秒，接著狂笑。「你們還真有勇氣耶！」

「只有他會開，當然讓他開。有什麼好笑的？」璁瓏皺眉回應。「況且在行前他還特地花了三十枚代幣接受專業訓練，不會有問題。」

蜃煬詫然，「你是認真的？」

封平瀾趕緊打岔，以免蜃煬察覺妖魔們對人界的事物並不熟悉。「那麼接下來要怎麼辦？這任務有期限嗎？」

「有，限時一個月。不過並不是規定一個月之內將對方逮捕，而是為了避免有無能的接案者占著茅坑不拉屎，所以設限一個月之內無法完成任務的話，就會強制棄權，把機會讓其他人。當然，期滿之後若想繼續接案也可以，只要再付一次押金。」蜃煬笑著開口，「要放棄嗎？看在你們是學生的分上，收你們一半押金就好。」

「我們並不打算放棄！」冬犽一口回絕。

其他契妖也表示讚同。百嘹默默地看向冬犽，又看了看奎薩爾，最後輕哼了聲。

「你們就這麼在意這點錢呀？」蜃煬挑眉。

「這是尊嚴問題！」墨里斯傲然開口。

「真有骨氣。」百嘹拍了拍手，「對了，你的電腦和液晶螢幕在哪？噢，我想起來了，被冬犽拿去當鋪抵押了。沒關係，反正你還有那些當不掉的電動老鼠和逗貓棒可以自我娛樂，呵呵呵。」

「閉嘴！」

「好吵喔！」蜃煬不耐煩地掏了掏耳朵，「要繼續任務是可以，不過接下來你們有時間調查嗎？」

「啊？」

「十二月了。」蜃煬雙手撐著頭，笑嘻嘻地開口，「影校的血淚之冬即將到來，這次的主場可是曦舫吶。」

眾人一臉困惑。「什麼是血淚之冬？」

「是指期中考吧？」封平瀾推測。

因為期中考快到了，所以這次任務只有他與契妖們出動，沒有找其他人幫忙。

「那和血淚有什麼關係？」璁瓏追問。

「有些人考差了會流淚。」

「幹嘛為了這種無聊的事流淚。」墨里斯不屑地嗤哼。

「那血呢？」

封平瀾偏頭想了想，「可能是因為冬天到了天氣乾燥，所以容易破皮流血……」

「殷老師還真是教出一票認真向學的好學生吶。」蜃煬諷笑，撐著頭，好奇地盯著封平瀾等人，「你們是真的不知道？」

「你覺得我們需要知道什麼？」百嘹反問，想套出答案。

蜃煬才沒上當，他勾起促狹的笑容。「我只知道，你們是拿不回押金了。」

曦舫一學期有兩次大考，分別在期中與期末，每一次的考試都在一天之內搞定，從早考到晚，只有少數職業類科的班級得跨日考術科。

週一，在經歷日校的學科測驗之後，夜晚時段的影校課程裡，大多數的學生顯得較平常疲憊。

鐘響的那一刻，殷肅霜便步入教室，但這一節不是並不是他的課。

「班導，你走錯班了唷！」封平瀾好心地舉手，小聲提醒。

殷肅霜瞥了封平瀾一眼，沒答話，逕自轉身，拿起粉筆在黑板上書寫。粉筆放下時，黑板上多了幾個斗大的字。

北太平洋區五校學園祭。

「學園祭？」封平瀾眼睛一亮，「是慶典嗎！」

相較於封平瀾的興奮，其他學生的面色顯得相當嚴肅沉重。

「怎麼大家好像不是很期待的樣子……」封平瀾小聲地詢問一旁的蘇麗綰。「學園祭不是很有趣嗎？」

「影校的學園祭不是像一般學校那樣的。」蘇麗綰低聲回應，「通常參與者都不會覺得有趣……」

「什麼！」封平瀾震驚，「難道說學園祭不是指祭典，而是祭祀？我們得獻上活的牲畜或是處女血為祭品?!」

「呃，不是那樣的。」蘇麗綰有點尷尬地反問，「這在召喚師界裡算是盛事，你沒聽過？」

封平瀾傻笑，還在想理由回應時，殷肅霜輕咳了聲，冰冷的目光射來。封平瀾和蘇麗綰連忙坐正裝乖。

殷肅霜啜了口藥草茶，開口，「我想各位都知道，十二月對於所有的影校而言，代表著收成與結算的時節，向來有『血淚之冬』的稱號。各位進入影校已三個多月，這是你們將會遇到的第一個考驗。」他的目光停在封平瀾身上一秒，接著一一掃向璁瓏等人，不著痕跡地提醒他們留意。

「十二月二十五日，是全世界召喚師學院的學園祭。學園祭期間，會舉辦各類活動，包括咒術武鬥、學術交流，還有娛樂慶典。全球分六大區域同步進行。而今年，曦舫正好是北太平洋區五校的主場。」

封平瀾想到，日校的行事曆裡，聖誕節前後總共連放十天假期，所有住宿生強制離校返鄉。他本來以為是為了配合外籍學生回家鄉過節，現在才知道，這是為了影校的學園祭清場。

他從沒想過有其他影校的存在，不過仔細想想，全球召喚師這麼多，影校當然也不會只有一間。不曉得其他影校是什麼狀況？

「……整個活動會分成兩個部分，第一個部分是實力競技，第二部分是慶典晚宴。今年曦舫負責主場招待，包辦慶典的部分。實力競技則是由其他四校各自安排試煉，考驗所有學生。」殷肅霜停頓了一下，「第二部分的慶典晚宴則是在平安夜與聖誕節兩日進行，分為園遊會攤位與宴會演出兩組，由影校中央統一抽籤決定。到目前為止，有問題嗎？」

封平瀾雖然有不少疑問，但因為對整個活動一無所知，所以也不知道無從問起。

一名學生舉起手，殷肅霜點頭意示他開口。

「我聽說過去都是派舊生參與競技賽，今年新生有保留名額嗎？」

「今年的規則改了，所有學生都能參賽，不分年級，自行組隊。」

底下學生先是微愣，下一秒就全部露出躍躍欲試的興奮表情。沒有校代表，意味著人人都有機會奪冠。

「為什麼會有這樣的變動？」學生繼續發問。

「理事長提議的，他想讓每個人有表現自我的機會，而不是只將焦點放在少數人身上。」殷肅霜若有所思地看了封平瀾一眼，「這是北太平洋區採用的新制度，若是成效顯著，其他區域日後也會跟進。」

學生們在底下竊竊私語地討論，有人甚至已經開始拉攏隊友。有幾個平常和封平瀾沒什麼互動交集的同學，此時正用異常溫柔親切的眼神望著他，和他揮手示好。

封平瀾不明所以，也傻笑著和他們揮手，但立即被海棠拉下。

海棠怒瞪一眼，其他同學紛紛轉頭，迴避海棠凶狠的眼神。

「不要理他們。」海棠對著封平瀾低斥。

「海棠……你……」封平瀾詫然，「沒想到你的占有欲這麼強，連別人和我打招呼都會嫉妒……」

「他們是想拉你入隊！白痴！」

「喔。」封平瀾停頓了一秒，雙手撫頰，「……所以，海棠是擔心我被別人搶走嗎？」

「我只是看中你的能力而已！」

「什麼！」封平瀾花容失色，震驚地咬住小指，「……原來，海棠也和其他人一樣，只是覬覦我的肉體……」

「你他媽在胡說八道什麼！」

「後面的安靜！吵死了！」殷肅霜低吼，阻遏了臺下的交談，「下週一開始，各校的前導團隊會以姐妹校參訪團的身分陸續抵達曦舫，進行通聯定礎。前導團的學生會分派到各班與學生一同作息，來者是客，請盡地主之誼，給予基本的禮貌與尊重。」

底下的學生不甘願地應了聲。

「什麼是通聯定礎？」封平瀾小聲地詢問海棠。但海棠仍在生氣，不理他，封平瀾只好轉向蘇麗綰求解。

「那是一種空間結界，把不同地區的空間連結起來的大型咒語……」蘇麗綰解釋，「學園祭時，各學校間會張開通道結界，與主場學校連結，位於其他地點的學生，可以通過咒語往返兩地。」

「好酷！比三環三線還威！」

「慶典組別的抽籤結果會在今日放學前宣布。另外，」殷肅霜深吸了口氣，「由於學園祭進行期間，所有影校課程暫停，所以，我們得在距離學園祭開始之前的九天內，把期末考的進度全部上完，這樣剛好可以在一月時接著排複習考試……」

哀鳴聲響起。

這就是血淚之冬的威力。

「其他相關資料會公布在影校的網站和公布欄裡，有問題自己去看。」殷肅霜翻開教科書，「開始上課。」

話語方落，一陣清脆的金屬鳴音響起，悠悠迴盪在教室外走廊。

「那是什麼聲音？」

「慶典組別分配抽籤結果。」殷肅霜沉聲回答，同時目光望向窗外走道，盯著那懸在牆上的班牌。

隨著聲波，寫著影1A的雪白班板開始混濁轉灰，漾起一圈圈彩色的波紋。牌面顏色越來越深，接著轉淡，泛起淺黃色的光。

當光暈褪去後，雪白的班牌變色成紫色。

殷肅霜的臉色瞬間一沉，隨著班牌變色，化為青紫，殭屍一般的色彩。

「班牌變色了！」學生們鼓譟，坐在窗邊的人將頭探出去，「別班是藍色和紅色的。」

「這是什麼意思？」

「紅色是演出組，藍色是攤位組。紫色，代表兩者皆是……」殷肅霜伸手撫額，看起來隨時會不省人事，「我們兩項都得包辦……」

Chapter2

冰冷的手，握住了對方那異常熾熱、帶給他温暖的物體——暖暖包

影校第二堂課，殷肅霜向科任教師借課，讓學生討論學園祭的工作分配。照理說在學園祭前，只有導師的課堂可以挪來籌備班級事務，但影1A抽中籤王的事不到下課便傳遍了影校，科任教師也就睜一隻眼閉一隻眼地放水准許。

殷肅霜向班長柳浥晨交代了幾句話之後便離開，由柳浥晨主持討論。

「所以，」柳浥晨深吸了一口氣，「先討論設攤部分吧。大家有什麼想法？」

臺下的學生面面相覷，有人低聲交談了幾句，但無人發表。

「設攤是要幹嘛？」璁瓏詢問封平瀾。

「通常都是賣食物或是玩遊戲，和夜市差不多。」

「那不就和打工一樣了？」墨里斯皺起眉，「我才不要！為什麼在學校裡還得當奴僕服務那些道德發展遲緩的人類？」

「沒那麼誇張啦。」封平瀾安撫，「校內攤位光顧的客人都是學生和教職員，應該會比較好一點……」

「未必。召喚師裡也是有一堆沒品沒水準的傢伙。」璁瓏看了海棠一眼。

海棠勃然，「你看個屁！」

「反正我們班剛好兩組都要負責，如果不想負責攤位的話，去演出組就好啦。」封平瀾樂觀地開口。

「有意見請舉手發言。」柳浥晨瞪了封平瀾一夥人一眼。

「賣什麼都可以嗎？」璁瓏舉手發問，「我想要賣汽車和飛機！」

柳浥晨挑眉，「駁回。」

「為什麼?!」

「那個預算太高。」封平瀾小聲地在璁瓏耳邊解釋。「通常攤位以賣餐點為主。而且最好能搭配點噱頭，讓客人覺得新奇有趣。」

「真麻煩……」璁瓏嘀咕，偏頭沉思了片刻，靈光一閃，再度舉手。

柳浥晨本想無視，但因為沒有其他人發言，加上璁瓏開始敲桌，她只好無奈地警告：「你最好說出些有用的意見。」

「當然。」璁瓏得意地開口，「我們可以賣牛奶。」

「喔？」

「牛奶很好喝，而且很營養。冬天鮮奶又便宜。」

「哇噢。」柳浥晨點點頭，「然後呢？」

「重點來了，」璁瓏刻意停頓了一秒才宣布，「我們可以牽一頭真正的乳牛來，讓客人親自嘗試ＤＩＹ擠牛乳的樂趣！」哼，區區的人類活動，輕而易舉。

「太高妙了！」柳浥晨頻頻點頭，忽地臉色一沉，「吸引個屁！白痴！你幹嘛不把自己漆成黑白相間，脫光跪在教室裡給遊客榨取算了？」

「我又不產乳！」璁瓏惱怒反駁。

「你的產量也比不上乳牛，呵呵呵。」百嘹風涼地道。

一票女學生臉色泛紅，害羞地吃吃偷笑。

「班、班長！這太重鹹了！」封平瀾趕緊出聲緩頰。

柳浥晨怒瞪璁瓏一眼，然後看向封平瀾，遷怒警告：「管好你的契妖。」

「是是是……」

「那演出組的部分呢？班上不少戲劇研和魔術研的，上了三個多月的社團課，有沒有什麼想法？」

「那個，」蘇麗綰緩緩舉手，「戲劇研社長認為新生尚未了解社團運作，所以安排了很多『基礎訓練』……」

柳浥晨聽得出來，蕾娜獨攬大權，新人只有打雜的分。

「那個臭婊子……」柳浥晨輕啐了聲，瞪了雷尼爾一眼。

「魔術研也是啊。」伊凡開口，「新生大半的時間是旁觀見習，社長也不管人。我待了兩星期的魔術研，唯一擅長的魔術就是在社團時間把自己變不見。」

「戲劇研的學長姐都在演肉麻的愛情戲……」

「魔術研教新生的魔術都很遜……」

有了蘇麗綰和伊凡開頭，其他學生紛紛在底下抱怨起來。

柳浥晨撫額，看了下活動規則，「演出內容不一定是戲劇，樂器演奏或唱歌都可以，但至少要上臺十分鐘。」

「那就唱歌吧，演戲感覺很麻煩。」墨里斯開口。

「不然這樣好了，」伊凡提議，「我們演出聖經故事『最後的晚餐』，大家上去大吃一頓然後下臺，如何？」

柳浥晨嘆了口氣，「順帶一提，演出的部分有投票評選，票數太低的話會被處罰。」

學生們發出一聲哀怨的呻吟。

柳浥晨看了看時間，無奈地嘆了口氣。

「我看今天是不可能討論出什麼結果了。大家先想好要參加的組別，明天直接分組，兩邊同步進行。」她踢了踢放在角落的置物箱，「有任何意見或想法都可以寫紙條投到箱子裡。就這樣。」

下課時，學生們紛紛往另一間教室移動。封平瀾對影校的學園祭相當好奇，邊走邊詢問蘇麗綰相關內容。

「學園祭試煉的內容是什麼呀？」

「多半和影校所學有關，通常是結合巫術、咒語和武術的實境測驗，模式大同小異。」

「那第一名的話有什麼？」

「獎金、加分，還有協會特別頒發的獎盃和獎品。」柳浥晨插入談話，同時遞了張紙到封平瀾面前，「簽名。」

「這是什麼？」

「學園祭參賽小組報名表。」

封平瀾的眼睛掃過規則，「可是他限定最多六個人一組耶。」

「召喚師六人一組，契妖人數不受限。社團研的社員全數參加剛好。」柳浥晨勾起嘴角，露出勢在必得的狠笑，「過去的校代表都是學長姐，這次終於能挫挫他們的銳氣了。」

「妳的意思是，在比賽的過程中，我們可以名正言順地毆打看不順眼的人？」墨里斯開口，「不管對方是妖魔或召喚師？」

「沒錯。」柳浥晨讚許地點頭，「你掌握重點了。」

璁瓏和墨里斯很有默契地同時看向海棠，勾起期待的笑容。

「媽的你們看個屁！」海棠再次勃然。

「呃，你們應該知道不能對自己的隊友下手吧。」封平瀾提醒。

「喔……」璁瓏和墨里斯同時低吟，明顯地沮喪垂肩。

忽地，一隻紙鶴飛到了眾人眼前，在封平瀾面前盤旋。

「這什麼？」封平瀾張開手，紙鶴停在他掌中，攤開變成一張字條。

——放學至導辦集合。殷肅霜。

放學後，封平瀾與契妖們來到了殷肅霜的辦公室。

「不要參加學園祭試煉賽。」一進門，殷肅霜劈頭就開口。

「為什麼？」

「這次的規則變動是理事長提出的，特地設為自由報名就是為了掩護你們。」

「什麼意思？」

「聯合學園祭是協會的重大活動之一，如果是以各校推選代表的方式，你們躲得掉嗎？」擁有六名契妖的召喚師，怎麼樣都會被推派出來。

封平瀾突然領悟。

原來班導剛剛看他，不是要暗示他有表現機會，而是暗示整個規則是因他而改。

「因為沒有所謂的校代表，每個人都搶著參加，大家的焦點自然就不會放在特定對象身上。」

「可是我們已經報名了耶。」

殷肅霜皺眉，嘆了口氣，「這是北太平洋區的競賽，你們贏的話，就會成為區代表，和其他地區的優勝者進行對決。總決賽會在協會本部進行，區代表的身家來歷都得清清楚楚地呈報給協會，到時候理事長也無法插手了。」

「所以是要我們擺爛墊底嗎？」

「那樣也不行。為了避免有投機者或是槍手，參賽者的表現全都有數據紀錄，要是太差的話也會引人注意。」殷肅霜無奈地開口，「你們不能表現太好，也不能表現太糟，必須在不上不下的平均值附近。只要你的表現平庸，就算你被校外的人知道擁有六隻契妖，別人也不會特別留意。」

「這太難了吧！」璁瓏抱怨。

「那就想辦法退出。」殷肅霜啜了口藥草茶，「我想，你們應該有別的事要忙，對吧？」

眾人想起，紳士怪盜的案子還未解決。

屋漏偏逢連夜雨。

在離開辦公室前，百嘹忽地開口，「抽中紫籤也是刻意安排的？」

「不，純粹是意外。」想到此，殷肅霜的眉頭再次皺起。

「這樣呀。」百嘹淺笑，「我還以為又是出於理事長的好意呢，呵呵。」

殷肅霜聽出百嘹意有所指，但沒點破，只是淡淡地低語：「理事長所顧念、所計畫的事，不是你們能夠理解的。」他瞥了百嘹一眼，「要是不滿，就努力找出脫離這灘渾水的方法吧。」

離開導師辦公室之後，璁瓏忍不住抱怨。「煩死了，為什麼人類總能想出這麼多無聊的花招折騰人。」

「看來只好放棄任務了。」光是學園祭的試煉就夠棘手了，還得擺攤和表演，要再抽空去調查紳士怪盜的事根本強人所難。

紳士怪盜只在月圓時行動，離下一次月圓還有一個月，而他們的任務期限只到平安夜，正好和學園祭重疊。

「不行。」冬犽忽地開口，「不能放棄。」

百嘹看了冬犽一眼。「你什麼時候變得這麼熱衷了？」

冬犽避開百嘹的目光，「我只是覺得，還不到需要放棄的時候……」

「噢，是呀。」百嘹笑著點點頭。「真是個好理由，呵呵。」他逕自揮袖施咒，化成金霧離開。

封平瀾看著百嘹消失的霧影，又看了看冬犽。總覺得冬犽和百嘹之間似乎有些怪異，但是他又說不上來是哪裡怪。

況且他也無權干涉，幫不了什麼。

他伸手輕拍了拍冬犽的肩膀。

冬犽轉過頭，對著封平瀾笑了笑，「回家吧。」接著，陪在封平瀾身邊，送他到公車站，看封平瀾搭上末班公車後，才自行施展風咒返回。

深夜。山腰上的洋樓。三樓與一樓的兩扇窗仍亮著燈。

封平瀾坐在書桌前，翻閱著關於紳士怪盜的檔案。但看了半天，還是沒任何進展。

上回他們之所以攔截到紳士怪盜寄出的預告信，是因為蜃煬透露了對方可能會犯案的城市，然後眾人前往當地的郵政中心埋伏，因此能在對方到達之前，事先支開目標，潛入屋中埋伏。

有了這次的經驗，紳士怪盜必定會有所防備，想要再重施舊技逮到人是不可能的。

他看著檔案，上頭記錄著受害者的照片、基本資料，以及過往接案者的調查結果。

照片裡的女性年齡層在十八到二十七歲左右，全都是單身女子，外表清秀，而且獨自在外居住，親友對她們的評價都是「單純善良」。有的是住公寓大樓，有的是分租套房，有的是獨棟透天厝。犯案地點遍及各地，但以北部為主。

他翻了一頁，其中一件案子發生在八月，另一件則在七月。

封平瀾抓了抓頭。這麼熱的天氣還犯案，真是有毅力啊……

既然是召喚師，如果真的喜歡這些女孩的話，其實可以用更直接的方式讓她們順服，不論是施咒迷惑或是直接恐嚇。

刻意留下預告信，又潛入屋中，索取吻印後即離開。這樣做有什麼目的？只是單純的中二病變態嗎？這樣的話，為何要殺人？紳士怪盜聲稱自己不是殺人犯，那為什麼要在有嫌疑的情況下繼續犯案呢？他難道不怕被協會的人抓到嗎？

啊，算了。變態的心理真的很難理解。

他又翻了翻檔案。前幾次的接案者都是在被害人收到預告信之後，才前去調查。當那些召喚師在現場布下重重陷阱與咒語之後，紳士怪盜不是未現身，就是識破陷阱，反整召喚師一頓。

他是怎麼識破陷阱的？

封平瀾繼續向後瀏覽，目光被一段註記吸引。

其中一個案件裡，召喚師在月圓當日失敗之後持續追蹤，找到了紳士怪盜停留過的餐廳。因為沒有更多發展，所以當初他並沒有太過留意。

這個召喚師是用什麼方式追蹤？

封平瀾站起身，一時間感到些許暈眩，低頭看了看鐘，已經十二點了。他打了個呵欠，感到疲憊，但還是勉強打起精神。

情況緊迫，有任何線索都得抓緊時間追蹤。

他打開房門，經過奎薩爾的房間時停留了一下。

……裡頭沒人。

他打開門，房裡果然空盪盪的。

不曉得為何，他最近總能準確地感覺到奎薩爾的存在。但他沒告訴任何人，畢竟這種事沒什麼值得一提的，說出來搞不好反而讓奎薩爾有所防備，找到他感應的原因並切斷，到時他就無法再品嚐這小小的心有靈犀了。

闔上門，下樓。他來到冬犽的房間，輕輕地敲了敲門。他知道冬犽總是晚睡，冬犽會在房間裡一邊看電視購物頻道，一邊擦拭著他收藏的銀器。

沒有回應。他側耳聽了一下，房內沒有聲音。

睡了嗎？他本來想找冬犽帶他去殯儀館一趟詢問線索的說。

樓下傳來腳步聲，他走下樓，正好碰到拿著牛奶上樓的璁瓏。

「你還沒睡啊？」璁瓏挑眉，「你是不是又在看人類交配的影片？」

「才沒有咧！慢著！為什麼說『又』？」

璁瓏喝了口牛奶，「我上次看見你在偷看希茉租來的片子。」

「那是不小心的！她放錯盒子，我以為那是我借的玩命關頭！」

璁瓏挑眉，「你把整部片看完才發現弄錯？」

「呃，我以為是某種超展開的劇情，畢竟有些場景也是在車上……哈哈哈哈。」封平瀾尷尬地笑了幾聲，轉移話題，「你在忙嗎？」

「忙完了。」璁瓏把牛奶一飲而盡，露出完成大事業的得意表情，「我剛才採收了農場裡的菜和牲畜，還蓋了新農舍，順便去別人的魚缸裡偷了幾顆稀有寶石。」

「噢，真是辛苦了。」封平瀾笑著附和，「你可以幫我個忙嗎？」

「你想要幹嘛？」璁瓏警覺地退後了一步，「我可不會和你一起看那種無聊的人類交配影——」

「噓！噓！並不是！別再說啦！」封平瀾連忙打斷璁瓏的話語，「忘記你看到的東西，那只是意外。我想要你帶我去雅努斯。」

「現在？」

「對，我查到了一些線索，想去直接詢問曆煬，看他那裡有沒有資料。」他沒有曆煬的聯絡方式，所以必須親自跑一趟。

「喔。」璁瓏的眼珠轉了轉，「但是有代價。」

「你想要什麼？」

「你在寵物社群裡的萬聖節家具。」

封平瀾輕笑，「可以。」這些妖魔們為什麼這麼可愛。

隨著相處日久，他越發覺得妖魔和人類沒什麼兩樣，甚至在某些方面比人類更好相處。特別是與他締約的契妖們。

他不確定自己在分離時是否能維持著預期的瀟灑。即便他一直都為著離別而作心理準備，但或許準備永遠不夠。

璁瓏是水系妖魔，不像冬犽能御風而行，但他自有一套移動方式，只是封平瀾從沒看過璁瓏長程移動的樣子。

「是要從河流過去嗎？殯儀館附近好像沒有河……」

「搭水橋。上次收服誘妖時不是帶你走過了嗎？」

封平瀾回想起開學時和璁瓏一同潛入女宿的經過。

他記得水橋，但從這裡架一道水橋直接走到殯儀館的話，未免太費時了。

「那個，我們時間有限，而且明天還要上課喔。」

「我知道，所以才要搭水橋啊！」璁瓏露出了一副不耐煩的表情，往屋外走去。封平瀾跟在他身後。

但璁瓏並沒走向大門，而是在花圃前便止步。他撿起澆花的黃色水管，扭開水龍頭，冰涼的水流洩而出。他轉頭張望了一陣，像是在確認些什麼，最後看向封平瀾身旁的方位。

「退後。」

封平瀾乖乖照作。接著，璁瓏閉上眼。片刻後，藍綠色的鱗紋亮起，從頸邊一路蔓延到雙手。

水管口疲弱的水流忽地爆衝，變成帶著幽藍微光的激流，往空中奔騰，像流星一般，在空中倏然畫出一道幽微的水之光道。

封平瀾瞠目結舌。雖然已經習慣了妖術與咒語的存在，但每一次看見，都讓他新奇不已。

「啪啪啪啪啪！」雙手不自覺地鼓掌。「好厲害！」

「大驚小怪。」璁瓏沒好氣地開口，將手伸到封平瀾面前，招了招，「吶。」

「喔。」封平瀾連忙從口袋掏出暖暖包，放到璁瓏掌中。

璁瓏皺眉，「幹什麼？」

「我以為你會冷。」封平瀾看著璁瓏沾著水的手，逕自伸過袖子揩去水珠。「好了！」

璁瓏把暖暖包扔向封平瀾，「我是要你把手給我。人類沒辦法自行渡橋。」

「喔喔好。」封平瀾伸出手，曖昧地訕笑兩聲，「好像在求婚喔！我要閉上眼睛嗎？會不會睜開眼睛時發現無名指上多了一枚鑽戒？」

「我沒興趣和你合法繁殖後代。」璁瓏不耐煩地揪起封平瀾的手，低吟了聲咒語，「走了。」

他踏上水空道，底下的水流高速噴衝，載著璁瓏和封平瀾往目的地前進。封平瀾看著街道夜景在下方奔流。這和冬犽的舞空飛行、墨里斯的縱躍起落是不同的感受。

「大約二十分鐘之後會到。」璁瓏看著遠方，「如果是走水域會更快。」

「嗯！」封平瀾看著腳下的景色，接著抬頭望天。弦月當空，月光清冷皎潔，彷彿伸手可及。

璁瓏感覺到身旁的身子微微發顫，挑眉輕笑，「你會怕？」

「不會啊。」封平瀾笑著抬頭，「有璁瓏在，沒什麼好怕的。」

「如果不怕，為什麼在發抖。」哼哼，還嘴硬逞強。

「因為我覺得有點冷……」封平瀾不好意思地笑了笑，「不過等一下應該就會習慣了！哈哈哈……」

璁瓏微愣，他此時才注意到，封平瀾說話時吐出白霧，而對方的衣服也在剛才築水道時被噴濕了大半。

握在掌心的手是冰涼的。他已經習慣了水的冷冽，因此一時間忘了，他現在握著的是溫熱的人。

他都忘了，人類是如此脆弱。而這麼脆弱的傢伙，竟還有餘力關心他人。

璁瓏皺眉。他不曉得該怎麼做。如果是墨里斯，可以召出火；如果是冬犽，可以喚出暖風；如果是希茉，可以召出有著鬆厚羽翼的役妖，阻隔寒氣。

他只能放慢移動速度，讓夜風不至於那麼刺骨。

璁瓏看了自己掌中冰涼的手，思考了片刻，開口：「喂。」

「嗯？」

「暖暖包呢？」

「在口袋裡。」封平瀾伸出插在口袋裡的那隻手，指了指另一側的外套口袋，「你要嗎？我有兩個。」

「不必。」璁瓏哼了聲，逕自把交握著的雙手塞入封平瀾的口袋中。

封平瀾眨了眨眼，有些訝異地望著璁瓏，但對方把頭撇開。

過沒多久，底下的街燈逐漸稀疏。他們越過了市區，穿越了城市邊境，最後抵達荒涼的郊野。

大片漆黑之中，有一小盞燈亮著，那是雅努斯殯儀館的燈火。

降落後，璁瓏手一揮，空中水道直接化為無數細小水珠墜落。

一踏入地下室，刺耳的電子音樂流洩而出。蜃煬正蹺著腳，手握遊戲搖桿，聚精會神地盯著電腦螢幕。一旁的地面上還堆疊著遊戲機的包裝紙箱，看來是剛拆封的新品。

看見來者，蜃煬笑著揮揮手，「呦，晚上好呀。」他打量了封平瀾和璁瓏一眼，「是來退任務的嗎，小朋友？」

「不是，檔案裡有些紀錄不清楚，所以來問一下。」

「真用心呢。」蜃煬連續按了幾個鍵，「今天只有你們兩個？」

「對啊。」

「我想也是。」蜃煬輕笑。「山中無老虎，猴子稱大王。」

璁瓏挑眉，「你有意見？」

「怎麼會？我非常非常高興看見你們兩個到來。」蜃煬放下遊戲搖桿，放下腳，上半身趴在那凌亂的櫃檯上，「說吧，有什麼問題？」

封平瀾從口袋裡掏出手機，點出拍下的檔案內頁，遞向蜃煬。「這裡說召喚師追蹤到紳士怪盜的下落。他是用什麼方法追蹤到的？」

蜃煬瞄了手機畫面一眼，勾起燦笑。

「你果然很聰明，能發現到那麼細微的線索。」塗著紫色指甲油的長指，敲了敲手機螢幕，「真的非常傑出、非常優秀，我非常滿意。」

「還好啦。」封平瀾不好意思地抓了抓頭。

「有線索的話就快說。」璁瓏催促。

蜃煬坐正身子，「有更詳細的記載檔案。」他伸出手指，捲起一綹頭髮，「不過……」

「不過怎樣？」

蜃煬指了指螢幕，「我現在很忙，離不開。」畫面中，一名穿著低胸女僕裝的粉紅色長髮少女，羞怯地坐在沙發中，背景的環境看起來像宮廷。

「噢，理睿也有玩這個遊戲。他說可以吸取經驗值。」

「這啥啊？」璁瓏皺眉。

「這是擁有純真之心的紳士才能加入的俱樂部。」蜃煬笑著捲了捲頭髮，「有興趣一起進行嗎？」

「這可以玩賽車嗎？」

「沒有。」蜃煬叫出電腦系統，隨便按了個選項，開口，「檔案在七之十一走道，D12架的第三層，自己去找。我得和那煩人的婆娘去泡溫泉了。」

當封平瀾和璁瓏正要轉身前往檔案櫃時，蜃煬忽地開口。

「接下來該怎麼辦？」蜃煬嘟起嘴，「要選什麼臺詞呢？吶吶，來幫個忙吧！我不太理解這女人到底想怎樣……」

封平瀾停下腳步，璁瓏則是不感興趣地繼續往後走，把燙手山芋丟給封平瀾處理。

「呃，我看不懂日文。」封平瀾看了看畫面。「不過你如果喜歡她的話，好像要盡量提高好感度——」

「我很猶豫。」蜃煬繼續說著，手指百般無聊地操縱著遊戲把手，心不在焉地說著。

「兩邊我都喜歡，兩邊我都討厭，要選哪一個？」

「那就……都選吧？」

蜃煬抬起頭，看了封平瀾一眼，咧起笑容。「好主意。」

但下一刻，他卻把遊戲搖桿扔到一旁的桌面。

「你不玩了嗎？」

「不了。那是別人送的。」蜃煬撐著頭，笑咪咪地看著封平瀾，「我對現實中的人比較有興趣。」留著長指甲的指頭，握上封平瀾的手臂，接著向上移，來到了那穿著毛衣的胸口。

「你想攻略我嗎？我也可以帶你去泡溫泉。」封平瀾笑著詢問。「可是我不確定你要去男湯還是女湯。」

蜃煬失笑出聲，收回手，握著封平瀾的手掌，將之攤開，疊在自己的掌心之上。

「你在看手相嗎？」封平瀾好奇問，「我的未來運勢如何？會不會有桃花運呀？」

「那要看你對桃花運的定義是什麼。」蜃煬一邊看著封平瀾掌中的紋路，一邊低語。

「檔案紀錄裡的人之所以能夠在後續追蹤到紳士怪盜，是因為他用了特殊的咒語。」

封平瀾任由蜃煬抓著自己的手。蜃煬的手溫暖滑膩，但是上頭布滿了淺淺的疤痕。

「什麼咒語？」

「只要擁有那人身體的一部分，不管對方躲到那，都能夠追蹤到他的下落。這是很難的祕咒，只有少數幾個家族的人會使用。」蜃煬抬頭看了封平瀾一眼，咧嘴一笑，「幸運的是，你身邊就有會這咒語的人。」

封平瀾立即想到宗蜮。海棠被玖蛸擄走時，宗蜮便是靠著海棠乾掉的血液找到他的下落。

「可是我沒有怪盜的血或頭髮。」

「只要有他使用過的東西就可以了。」蜃煬將封平瀾的手放回，「但這樣無法準確定位，只能指向大略方位。不過，若是你恰好接近了與紳士怪盜接觸過的人事物，咒語也會有反應。上回的接案者就是這樣才能追查到對方待過的餐廳。」

「喔喔！謝謝！」聽起來是很有用的工具。「對了，可以給我你的電話或email嗎？這樣聯絡比較方便。」

「你確定？」蜃煬笑著回應，「這裡的電話和電腦都受協會監控唷。」

「那你怎麼和外人聯絡？」

蜃煬聳了聳肩，苦笑，「我不能主動與外界聯絡，只好想辦法讓別人來找我了。」雖然笑著，但語調裡帶著明顯的無奈。

封平瀾看著蜃煬，想說些鼓勵的話，卻又不知該說什麼。「那個，我會常來看你的！」

蜃煬咧嘴一笑，「謝謝。你真善良。」他探身向前，壓低聲音對封平瀾輕語，「其實我有個打發無聊時光的小祕密。」

「什麼？」

蜃煬拉過封平瀾的手，塞入了一個東西。封平瀾攤開手掌，掌心躺著上回蜃煬在玩的水中套圈圈遊戲機。仔細一看，裡頭的背景是點陣圖構成的殯儀館地下室的場景。

「這是什麼？」

「簡化版的移動空間中繼點。製作方式是獨家，不便透露喔！」蜃煬俏皮地眨眼，「當你把所有的圈圈都套上時，你就可以過來了。」

「那我要怎麼回去？」

蜃煬拿出另一個相同的遊戲機，「從這個通道回去。」

封平瀾如獲至寶，捧在手心端詳。

「謝謝你！」這實在太方便了！有了這個，他就可以更常過來調查資料，或許可以幫奎薩爾他們找到有用的線索——

「可是，有兩個條件需要你配合唷。」

「什麼條件？」

「第一，不能把這東西的存在告訴任何人，使用時也要注意，不能讓任何人察覺。」蜃煬勾起淒涼的笑容，「這是我費了好大的工夫才偷偷做出的東西，如果被發現的話……」

「我明白了。」封平瀾停頓了一下，「那個，奎薩爾他們也不行嗎？」

蜃煬搖搖頭。

「好吧。」

「第二，」蜃煬從桌子下拿出一個古銀小圓盒，「我要一點點你的血。」

封平瀾有點意外，「血？」要他的血做什麼？

「只是做個研究而已。不用很多，幾公克就好了。」蜃煬笑著開口。

封平瀾有點猶豫，擔心這會對自己不利。但是反過來想。他只是個平凡人類，根本沒有什麼足以讓妖魔或召喚師圖謀的東西。

「可以嗎？」蜃煬再次出聲詢問。

「喔，可以啊。」封平瀾的目光掃過桌面，看見一把美工刀，便直接拿起，往手心割了一道，讓血液順著指頭流到小銀盒裡。「這樣夠嗎？」

蜃煬挑眉，「其實我有針筒。」他抽了幾張衛生紙，遞給封平瀾。

「噢，沒關係啦。」封平瀾咋舌，拿著衛生紙壓住傷口。

惱怒的腳步聲從後方走道傳來，封平瀾立刻將遊戲機塞到口袋，同時也把受傷的手藏在口袋中。

「根本就沒看到你說的檔案！那裡都是分屍案的資料！」抱怨聲響起，接著是淺藍色的人影出現。

「真的？」蜃煬故作吃驚地雙手撫頰，「怎麼會這樣呢？我以為會有紙本資料的說。反正相關的資訊我剛剛已經告訴他了，沒有文書檔案也無所謂。」

「莫名其妙！」璁瓏重哼了一聲，望向螢幕，瞪了畫面中的少女一眼，「她拉出的寶石最好全部被偷走。哼！」

「這不是那種遊戲啦。」封平瀾笑著回應。

「好了，我要繼續忙了。」蜃煬拾回遊戲握把，蹺起腳，「再見，不送囉！」

封平瀾和璁瓏離開地下室後，璁瓏從一樓的廁所水龍頭召出水橋，兩人牽著手，原路返回住屋。

封平瀾插在口袋中的手上傷口隱隱發熱發疼。他的手背碰到口袋裡的遊戲機，忍不住暗忖。

剛才……蜃煬是故意把璁瓏支開嗎？

封平瀾笑著甩開這念頭。

怎麼可能，他不是召喚師，又沒有任何特殊能力。

他所擁有的一切都不是屬於自己的，所以根本不可能被奪走。

Chapter3

爲什麼人魚公主都用扁平外擴的扇貝遮胸，而不用堅挺集中的神奇海螺？

當封平瀾與璁瓏往返殯儀館時，鄰近洋樓的市區某處，暗巷之中，颳起了異常的旋風。

繁華街道的後巷內，是老舊的住宅公寓。轉角處的圍牆後，一棵陳年老榕樹探出牆，濃密的氣根有如簾幕，遮掩著後方破舊的日式建築。

夜風徐來，榕樹鬚根微微晃動，下一刻，一道雪白的人影現身，佇立荒蕪的庭院內。

他看著那半掩的門扉，緩緩走近，接著拔下一根頭髮，向前吹去。

白色的髮絲化為縷煙，冉冉拉長為更細的光絲，迴繞住整棟老屋，鑽入各個孔縫之中。

一陣金屬撞擊聲響起，告知著屋外人裡頭有埋伏。

冬犽謹慎地推開門，門板發出刺耳的吱嘎聲。他的雙手流轉著銳利的風刃，蓄勢待發。

他踏入屋中，深入內部。狹窄的走道兩旁是和式拉門，紙門上有許多破洞，黝黑的洞口有如深邃的眼眸，窺視著雪白的入侵者。

屋裡雖然老舊殘破，但卻不見任何蟲鼠的蹤跡，一片死寂。屋裡棲伏著陰邪的異界之物，此界的生物出於本能地紛紛走避。

這是滅魔師十二年前封印他們後的下一個任務點，屋裡的妖魔接到風聲逃走了，直到前陣子才無聲無息地返回老巢。妖魔是很戀舊的。

「唰。」

細微的聲響從身後的和室傳來。冬犽同時間射出風刃，無形弧刃將大半面的紙門劃破，掃入屋中，在門上留下巨大的新月狀裂口。

但房裡沒傳來任何遭受攻擊後的哀鳴。

冬犽走向房門，手一揮，兩扇殘破的紙門向內傾倒，屋內空蕩無人。

他盯著房內片刻，看似沉思，但下一秒身子一旋，手中的隱形雙刃左右夾攻揮砍。

揮刀的攻勢在看清身後人時驟止，但是力道猛烈難以收回，他瞬間轉動手腕，在空中揮畫半圓，接著插入牆面。

「晚安。」具有磁性的嗓音響起，「夜間來廢屋散步，真是好興致。」

冬犽手握風刃，雙刀插在百嘹頸旁兩側，僅差幾分，便會斬裂。雪白的身影欺壓在百嘹身前，僅差幾分，便會交疊。

百嘹笑看著冬犽，絲毫未因危急的處境而擔憂。

冬犽沒有笑，略微無奈地輕聲詢問：「你來做什麼？」

「這是我要問你的。」百嘹笑著指了指頸邊的風刃，「不妨先把它撤下？」

冬犽收起刀，等著百嘹的答案。

「你是嫌家裡太乾淨，所以特地來這廢屋，享受打掃的樂趣？」百嘹諷笑著撫了撫頸子，彷彿在品味方才掠過頸邊的涼意。

冬犽撇過頭，「你不該來，這裡很危險——」

一股力道粗重而蠻橫地撞向他，將他推甩向牆。接著，骨節分明的修長手掌猛地拍向他臉旁的牆面。

「要是覺得不夠髒的話，」百嘹咧嘴笑著，拇指撫過面前雪白的臉頰，「我可以幫你，幫你弄髒，髒到你得花一輩子清洗。」

「別鬧了。」冬犽凜眉，推開百嘹，但手腕反被擒住。他看了百嘹一眼，對方仍帶著惡意的微笑。「……只是來調查罷了。」

「調查什麼?紳士怪盜?」百嘹繼續追問，「看不出來你如此熱衷於當召喚師的狗呢。」

這次會接下任務，是冬犽主動提出。他沒說理由，反正封平瀾那個傻子也不會多問，一頭熱地帶著大家跑去殯儀館。

表面上看起來是他們這方主動要求，而蜃煬只給他們這個任務，沒有其他選擇。

他的同伴都是單純的蠢貨，他不是。他看得出來，冬犽和奎薩爾對這愚蠢的任務極為重視。

「你和奎薩爾在背地裡搞些什麼呢?」

「這是為了換取情報——」

「那不男不女的傢伙拿走你的頭髮，給了你情報。」百嘹的手撫上冬犽的耳後，摸著頸邊柔軟的髮尾，惋惜地輕嘆一聲，「他還拿走了你的什麼，又給了你什麼，讓你如此聽話?」

「蜃煬知道很多內幕，他不完全是協會的人。和他交換情報，遠比我們自己漫無目標地追蹤調查來得有效率。」冬犽辯解，「況且他只是個被關在籠裡的囚徒，沒有任何殺傷力。」

「你知道嗎？我也想把你關起來了吶。」百嘹燦笑，撫摸冬犽頸後的手掌張開，輕輕箝住了對方的咽喉，「另外，我很訝異你這麼積極。我以為你很陶醉在這場扮演家人的戲碼裡呢，呵呵。」

「我喜歡這裡。」冬犽拍開百嘹的手，直視著百嘹的雙眼，「所以我想盡快找到雪勘皇子……」

百嘹挑眉，不解。正要追問時，一陣粗糙的磨擦聲從上方響起。

冬犽和百嘹來不及反應，地面與天花板上同時竄出帶著銳利鋼毛的黑色繩索，一節一節的鋼繩宛如蟲足，尖銳的刺毛上染著闇色黏液，宣示著劇毒。

百嘹甩手，千枚蜂針伴隨長鞭揮出，打退部分黑色繩足。但更多的攻擊從四面八方射來。

冬犽一把百嘹拉到身後，同時在身周張立風壁，斬斷了襲到眼前的錐刺。但更多的尖繩隨即襲來，有如密雨不斷。

然而下一秒，地面與牆面上的黑影，有如無聲的潮水一般，自空間內部翻湧而來，捲曳住所有的黑鋼，蝕入影子之中。

「嚓！」

脆殼被捏碎的聲音。

頎長的人影自弦月之輝中揉捲而出。

奎薩爾冷冷地看著屋裡的兩人，對百喙的出現沒多說什麼。獨來獨往的他根本不在意，沒必要向任何人交代行蹤，更不需要向任何人解釋目的。

黑色的身影上沾著闇綠色液體，閃著微微螢光。那是妖魔的血。

「逃了？」冬犽詢問。

「死了。」冰冷的語調回答。

妖魔的本體藏附在外頭的樹上，屋房只是幌子。方才是因為被他逼得走投無路，所以轉向屋中，意圖襲擊百喙與冬犽，藉機逃離。

在奎薩爾面前，沒有機會能搞這種小動作。

況且，就算對方真的得手，傷害或殺害了屋裡的人，這也不足以使他停頓分神。

除了雪勘皇子，沒有任何東西能讓他猶豫停留。

百喙輕笑，看著奎薩爾，「好了，說說看你們三更半夜來這沒情調的地點幽會，得到了什麼甜頭？」

「……妖魔之所以能逃離，是因為滅魔師被別的事耽擱。」奎薩爾低沉地開口，重複著妖魔在臨死前吐出的情報，「據說，滅魔師走出我們的封印之屋時，抱著一個全身是血的小孩離開……」

「小孩？」冬犽不解，「是雪勘皇子嗎？」

「無法確定……」有可能是滅魔師的障眼法。

至少，確定了雪勘皇子確實還在滅魔師手中。

為什麼滅魔師不殺了他們，而只是將他們封印？為什麼滅魔師不將雪勘皇子封印？目的是什麼？

看似離真相更接近了一步，反而帶出了更多的謎團。

奎薩爾遁入影中，離開郊外的廢宅。

回到半山腰上的雪白洋樓，已凌晨兩點多，天空飄起了雨，使得寒冷的夜晚更加凍骨。

影子沿著屋外向上攀，來到了三樓，自那半掩的窗扉口潛入，接著自地面捲立而起，化回原體。

一站定，一股血腥味便勾起了他的注意。

味道非常淡，只有微量血液，但是對他而言，就像闇夜裡的火光一樣，只要一丁點便足以做為指路的燈塔。

這樣的時間點，出現血腥味，令他警覺。

身影像墜入深淵一般，落回影中，下一刻，自隔壁房間的地板竄升而起。

「哇靠！」

受到驚嚇的呼聲同時響起。

奎薩爾轉身，微愣。

封平瀾只穿著短褲，手中拿著叉子，慌張地看著忽然現身的不速之客。

「奎薩爾？」

奎薩爾微微蹙眉，對於自己的貿然大意感到略微惱怒。

他冷然地看著封平瀾，忽然間，他不知如何啟齒。

他聞到血腥味所以趕來。但封平瀾沒事。他不曉得該如何應對眼前的景況。

他絕不會承認，他是因為以為封平瀾發生意外所以出現。

封平瀾看著不發一語的奎薩爾，好奇地揮了揮手，「奎薩爾？」

奎薩爾瞥了床上的衣服一眼。封平瀾立即會意，拿起睡衣匆匆套上。

封平瀾越來越佩服自己。能夠不透過言語解讀奎薩爾的意思，根本是心有靈犀！

「這算是夜襲嗎？」封平瀾邊穿邊竊笑著開口，「沒想到奎薩爾還真大膽耶！其實你不用夜襲，我的房門隨時為你敞開喔！哈哈哈哈哈！」

奎薩爾沒理會封平瀾的瘋言瘋語。他依舊覺得那笑聲和愚蠢的言論非常刺耳，但不知何時開始，他對這些言詞並沒有那麼厭煩。

封平瀾換好衣服，拿起暫放在床上的叉子。他發現奎薩爾正望著那支叉子，便非常自動地解釋。

「喔，這支叉子是用來開碘酒的。」封平瀾順手拿起放在床頭櫃上的碘酒，瓶頂的三角形錐口被挖下，直接露出瓶身的圓孔，「這個太久沒用了，所以洞口都乾掉塞住，所以我拿叉子把它挖開來。」他停頓了一下，「順便說一下，因為衣服被雨淋濕所以才脫掉，並不是一個人在玩奇怪的 play 喔！哈哈哈哈！」

奎薩爾盯著封平瀾的左手掌心，上頭貼著一塊膚色貼布，長條狀的貼布搖搖欲墜地蓋在傷口上。

血腥味是從那裡傳來。

近在咫尺，味道更加濃烈。

奎薩爾看著封平瀾的手，漠然開口，「什麼傷的？」

屋裡的血氣來源只有封平瀾的傷口，傷了他的器具是什麼？

「喔，我剛去了雅努斯一趟，在那裡受傷的。」

「他傷了你？」幾乎是出於下意識的反射，奎薩爾追問。

這個假設，讓他內心莫名地升起一陣慍火。

「不是啦，是我自己不小心割傷的。」封平瀾沒說出受傷的真正原因，因為他已經答應璽煬守密。「反正都受傷了，乾脆順便吃個晚餐吧？」

他偷偷的先握緊了拳頭，將凝固的傷口擠出血，接著遞到奎薩爾面前。

事實上，當璽煬提出要血的時候，他是帶著點故意的心態，把手弄傷的。為的就是這一刻。

他知道奎薩爾不會主動要求鮮血，更不會為了血而傷害他。所以他只好用這些小花招，製造機會讓奎薩爾進食。

……好像在拐騙挑食的小孩吃飯喔。

封平瀾忍不住在心裡偷笑。

冷峻的紫眸望著封平瀾的掌心。

片刻，修長的手舉起，蒼白的食指優雅伸出，輕輕點上那滲血的傷口。停留了一秒，接著緩緩收回，移到了總是不苟言笑的薄唇邊。

伸出舌尖，輕舔，隨即放下手，收回。

封平瀾忍不住咽了口口水，耳根莫名地發紅。

血液的甘芳依舊，但奎薩爾的自制力勝於以往，因此他並未留露出飢渴耽溺的神色，而是一如往常沉穩而冷靜。

他旋身沒入影中。

「……謹慎點。」

身影完全沉沒之前，低沉的嗓音響起。

「什麼？」這是關心的叮嚀嗎？

封平瀾想追問，但孤高的身影已消失。

週五，四校的前導隊伍抵達曦舫。來訪人數不多，每校大約七人左右，以教職人員為主，學生只占一二。他們以姐妹校參訪的名義進入曦舫，但並沒有引起太多關注。畢竟校內原本就有不少外籍學生，因此對於這些外來者也就見怪不怪了。

可是，仍然還是有些愛看熱鬧或圖謀不軌的傢伙，對這些貴賓們展現高度興趣。

「多麼嬌艷的貴客。」白理睿站在靠近行政大樓的走道窗邊，看著魚貫步入行政中心的貴賓，目光在幾名女學生身上流連，特別定睛在其中兩名身材高眺的金髮女子身上。「我會盡己所能地款待呵護她們，如同羽絨被一般，在寒夜中為她們禦寒……」

「人家只把你當蹭掉鞋底屎的腳踏墊。」伊凡手搭在窗邊，看著底下的訪客，「那兩個女生是從俄羅斯海參崴德米特里高校來的。這裡的溫度對她們而言正適合穿比基尼戲水。」

「你真的很惹人厭。」白理睿瞪了伊凡一眼。

他原本只找封平瀾來窺看的，但被伊凡聽見，只好帶著雙胞胎一起同行。

封平瀾好奇地看著隊伍。四校的教職員都穿著正式的西裝、套裝，個個看起來都像是在金牌律師事務所工作，分不出差異。只有穿著各校制服的學生，辨識度較高。

這些人中，哪些是召喚師，哪些是妖魔呢？

「伊凡，你認識她們喔？」

伊凡不以為然地哼了聲，「算是。」

白理睿立即轉頭，認真地看著伊凡，「其實我一直很欣賞你的率直。如果方便的話，我非常樂意招待你與你的遠方好友們一起共進晚餐，讓你們有機會敘舊，當然若是你願意中途離席的話更好。」

伊凡翻了翻白眼，「認識不代表是好友。」

「喔……」白理睿看了看伊凡，突然恍然，「她該不會是你的前女友吧？」

伊凡撐著頭的手滑下，他怒瞪白理睿，「並不是！」

隊伍中，穿著黑色制服的棕髮少年忽地轉過頭，往三樓的教室望去。

封平瀾覺得他似乎在往他們的方向看。

「理睿，他是不是在看我們？」

「大概是感受到威脅了吧。」白理睿自負地伸手順了順頭髮。

「可是如果是比外貌的話，理睿應該完全沒有威脅性。」封平瀾看著對方那完美的五官和輪廓，由衷地開口，「他真的很帥。」

白理睿臉色一沉，「我以為我們是同一夥的……」

「不曉得我們班會不會被分配到姐妹校的學生。」封平瀾看著底下的棕髮少年，雖然不確定對方是否在看他們，但他還是友善地咧嘴揮了揮手，然後比了個V。

「別像個觀光客！」伊凡把封平瀾的手壓下，然後傲然地瞥了底下的人一眼。

樓下的棕髮年沒有任何反應，轉過頭，繼續自己的腳步，跟上隊伍。

「怎麼了？」身材高眺、有著一頭白金色長髮的少女開口。「為何停下腳步？」

「我知道為什麼丹尼爾為什麼要讓平凡人共校，」棕髮少年淡然回答，「因為有不少愚蠢的玩具。」

「別以為每個人都和你一樣惡劣，傑拉德。」

「彼此彼此，愛爾薇拉。」少年淡淡地回頭，看了三樓的人一眼，嘴角勾起一抹不易察覺的殘虐冷笑。

正午鐘響，宣告著午休時刻。

大部分的學生起身，離開教室前往餐廳覓食，或者前往社團教室預備活動。只有少數人繼續留在教室裡。

宗蜮便是其中之一。他很少離開座位，有如小山一般的身軀總是佇守在教室角落。他喜歡窩在位置上畫畫，上課畫，下課也畫。他的素描本消耗得很快，沒幾天就換新，本子裡填滿了他的構想、他的妄想。他在紙上進行各種可行的、不可行的設計與實驗，沉浸在幻想之中。

「小・蜮・兒～」

宗蜮感覺到有人戳了戳他的背，熟悉的嗓音從身後傳來。

他皺眉，對於創作被打斷感到微微不快。

最近他常被打擾，被一個莫名其妙又可疑的傢伙打擾。他有好多構想因此而停留在腦中，尚未被具象化。這可不是什麼好事。

「你吃午餐了嗎？」封平瀾笑著詢問。

宗蜮搖了搖頭。

「是喔，那要一起去吃嗎？」

宗蜮再度搖頭。「有事？」

「喔，其實我想請你幫個忙。」封平瀾邊說邊將一個紙袋遞到宗蜮面前。

宗蜮打開紙袋，裡頭放了一朵花和一張卡片。

他皺起眉，不解地看向封平瀾。

「這是什麼意思？」他從未收過別人送的花或卡片，而且對象還是個男生。

「喔，我想請你幫我施追蹤咒語。」封平瀾解釋，「我想要找一個人，這是他留下的東西。」

宗蜮抽起卡片，看了看上面留下的句子，挑眉，「我不用施咒就可以告訴你，你要找的人坐在第二排第六個位置。」

那是白理睿的座位。

「不是啦，這不是理睿留的。」封平瀾笑著開口，「這是紳士怪盜留的。」

「那案子還沒解決？」封平瀾和他們說過接任務的事，但因為只是沒什麼挑戰性的D級任務，所以社團研的其他成員便沒有主動參與。

「嗯，出了一點小狀況，簡單來說就是被他逃了。」封平瀾抓了抓頭，乾笑兩聲，「現在只能靠你幫忙找出他的下落了！小蜮兒！」

宗蜮看著封平瀾，本想拒絕這麻煩事，但不曉得為何，說出來的話卻截然相反：「……明天給你……」

「謝謝！」

「逮到這傢伙的話通知我，我想解剖他的腦……」

「不行啦！任務要求押解活人，小蜮兒真頑皮呀！」

宗蜮將花和卡片放回袋中，把紙袋隨手塞入抽屜。接著拿起筆繼續畫圖，不再理會封平瀾。

一秒後，他的臉頰被人戳了兩下。

宗蜮停筆，「還有什麼事？」

「這個給你吃。」封平瀾從外套口袋裡掏出一把仙楂餅，放到宗蜮面前。「不打擾你啦！」語畢轉身和其他人會合，一起前往宿舍底下的食堂。

宗蜮看著桌上的仙楂餅，遲疑了片刻，拆開其中一個，丟到嘴裡。現在的他，嘗不到任何味道，但是他可以感覺到舌上傳來的溫度，封平瀾把仙楂餅放在口袋裡一整天的溫度。

宗家祕傳的追蹤咒語，竟然用六顆仙楂餅來換取……

宗蜮忍不住發出自嘲的輕笑。

要是長老們知道了，一定會勃然大怒吧，嘻嘻。

夜晚，影校課程。

第一堂是殷肅霜的課，他在二十五分鐘內火速飆完進度之後，下半堂課的時間便拿來討論學園祭。

學園祭的主角是學生，他不打算插手干涉，因此他將全權交給班長，自己默默退到一旁。

「希望今天能有所進展。」柳浥晨走上臺，拿起置物箱，深吸了口氣，將箱子反轉，原本預期會有雪花般的意見傾瀉，但最後只掉出了幾張單薄的紙籤。

至少不是沒有。說不定裡頭有很棒的點子……

柳浥晨努力壓下怒火，拆開了第一張紙籤。上面沒署名，她朗聲唸出上面的文字。

「演出組：哈姆雷特戲劇表演。」柳浥晨點了點頭，「不錯，非常經典的劇曲，只有服裝租借略微棘手，但我想雷尼爾同學應該能幫我們解決這個小問題。」

「辦不到。」雷尼爾一口回絕。

「辦不到？」柳浥晨挑眉，「如果我沒記錯的話，你和戲劇研的社長是從同一個產道來到人世的。」

「我不想利用裙帶關係得到好處。」雷尼爾高傲哼了聲。

「少來，別以為沒人知道你擅自借用戲劇研的倉庫做了什麼。」柳浥晨冷哼。「下次幽會前，請留意裡頭是否還有被你姐留下來做苦力的社員。」

雷尼爾臉色驟變，氣燄頓時消散。他沉默了片刻，無奈地開口，「……就算我願意幫忙也沒辦法。」

「什麼意思？」

「她最近心情不太好……」

「那你七天之後再去向她借。」反正他們只要在演出前拿到戲服就好。

「不是那樣的。」雷尼爾尷尬地輕咳一聲，「她和傑森分手了。」傑森是劍術社的副社長，也是雷尼爾的好搭擋。

柳浥晨皺眉，「嘖，這婆娘真會給人找麻煩……」

雷尼爾聳肩，表示愛莫能助。

柳浥晨拆開第二張紙條，上面一樣沒署名。

「攤位組：品酒會，啤酒暢飲大賽……」

還沒唸完，封平瀾等人的目光同時望向希茉。希茉坐得很端正，看起來非常認真地參與討論過程。雖然她努力裝出若其事的樣子，但徒勞無功。

「那個，校內不能販售含酒精飲品，而且未成年學生不能飲酒喔。」封平瀾小聲提醒。

「為什麼要對著我說……」希茉小聲辯解，「我不懂你的意思……」但語調中帶著明顯的失望。

「攤位組：寵物用品店。演出組：寵物博覽會。括弧限貓咪。」柳浥晨唸完，望向墨里斯。此時墨里斯正異常專注地研究起桌面上的紋路。

柳浥晨直接將紙條揉成一團，扔回桌面。

墨里斯勃然質問，「為什麼揉掉！妳還沒詢問大家的意見！」

「噢？你有在參與討論呀？我以為你在忙著視姦書桌呢。」柳浥晨瞪了墨里斯一眼，接著面向眾人，「請以班級利益為考量，不要把私人嗜好帶入。」

她繼續拆開剩下的紙籤，一一唸出。

「攤位組：女僕咖啡廳。」

「表演組：鋼管秀。」

「表演組：崖上的波妞舞，妖怪體操。」

幾個學生在底下竊笑，但看見柳浥晨凶狠的眼神後識相地閉嘴。坐在角落旁觀的殷肅霜，臉色也黯沉了幾分。

「大家是認真的嗎？」柳浥晨揚聲質問。

「那個，」封平瀾舉手，「大部分的構想別班都已經有人做了，不管是戲劇還是攤位，我們的人力和時間有限，如果推出類似的東西，應該是無法贏過專攻一項的班級，所以大家不曉得還能做什麼。」

其他學生紛紛附和。

柳浥晨嘆了口氣，「確實如此。」

「攤位和演出都有積分比賽，攤位組比的是營業額，演出組則是以學生投票為主要評分標準。擺攤能賣的東西沒太多變化，營業額應該不會相差太多。不如把重心放在演出組，用表演一較高下。」封平瀾繼續說出自己的意見。

「負責演出的班級必定會把票投給自己。如果真的以奪冠為目標，我們得把焦點放在擺攤的班級和校外學生身上。」柳浥晨附和。

封平瀾點點頭，「演出的戲劇最好要淺顯易懂，並且有能夠吸引人的元素在裡頭……」他不好意思地抓了抓頭，「可是我不曉得有什麼東西能吸引所有人的注意耶。」

四校的人成長背景不同，文化不同，喜好也會有所不同，顧此必定失彼。

有什麼東西是普世皆準，每個人都會有興趣的？

柳浥晨低頭，全班陷入沉思。

一陣細碎的光芒在臺下閃動，柳浥晨抬起頭，看到百嘹正漫不經心地把玩著一串綴滿水鑽的髮飾。

柳浥晨愣了一秒，質問，「那東西是哪來的？」

「一個新朋友掉在我身上忘了拿走的。」百嘹用食指甩了甩髮飾，接著隨興地擱在桌面。

「那似乎是加州香柏學園學生代表的東西。」柳浥晨挑眉質疑。「我很好奇你和姐妹校的學生做了什麼交流，導致她的髮飾會掉在你身上。」

她是曦舫的學生接待員之一，早上在貴賓室裡見到香柏學園的女學生戴著那髮飾，璀璨的寶石襯得那頭絲綢般的栗色髮絲有如蜜糖一般誘人。

「噢，原來是別校的學生，難怪她的制服不太一樣。」百嘹笑了笑，輕敲兩下髮飾，「不過，禮尚往來，我也留了些東西給她。」

「皰疹病毒嗎？」柳浥晨沒好氣地開口，「麻煩你偶爾也假裝一下擁有道德良知這種東西……」不到一天就攻陷姐妹校代表，動作也太快——

等等。

柳浥晨突然靈光一閃，她睜大了眼，驚喜地看著百嘹，接著嘴角漸漸揚起笑容。

百嘹詫然，回以燦笑，「怎麼，妳也想和我交換禮物嗎？」

柳浥晨重重拍桌，震得全班的學生嚇了一跳。

「我知道了！」柳浥晨胸有成竹地宣告，「學園祭的演出，就是這個——」

她旋身，拿起粉筆，快速地在黑板上書寫，一筆一畫都在黑板上敲出渾厚的聲響。

柳浥晨寫完最後一個字，把粉筆扔回板溝，向旁邊一站。

眾人看清了黑板上的字。

「人魚王子？」

「對！」柳浥晨解釋，「把人魚公主故事反轉，所有的母人魚全換成公的！」

「這太幼稚了吧？」雷尼爾反對，「這故事哪裡吸引人？」

「飾演人魚的人，上半身必須赤裸，下半身穿上三角泳褲，用人體彩繪的方式畫上魚鱗。」柳浥晨勾起嘴角，舉起手，一一指向墨里斯、冬犽、海棠、伊凡、伊格爾、雷尼爾，和幾名男學生，「你們幾個必須飾演人魚。至於主角人魚王子，」長指最後指向百嘹，「是你。沒意見的話拍手通過。」

震耳欲聾的掌聲像爆竹一般響起，所有女學生使盡全力奮力鼓掌。

「等一下——」幾名男學生不滿地發聲，似乎對這決定有意見。

柳浥晨不給對方有開口的時間，繼續宣告，「深海女巫的手下和被人魚王子搭救的公主會穿泳裝登場，」柳浥晨指向希茉、曇華、蘇麗綰，以及幾位女學生，「由這幾位女士扮演，如何？」

鼓譟歡騰的吶喊響起，男學生們狂力點頭，有如發動的碎木機。

「其他細部分工我會先初步分配，有其他想法可以再做調整。」柳浥晨咧嘴一笑，「終於有所進展了。」

影1A的戲劇演出，拍板定案。

Chapter4

如果無法讓自己變強去面對痛苦和壓力的話，那就讓自己變成M，享受它吧！

在新的一週，姐妹校的學生代表們被一一分配到各個日校的班級裡。由於人數不多，每班頂多被分配到一位，沒被分到的班級占大多數。

普通科一年一班，一早便傳來騷動，走道上的女學生密度異常上升。此區因為百暸的緣故，經常有跨級跨棟跨科的女同學、學姐出沒，但今日的盛況空前，彷彿演唱會前夜排的迷妹集會。

一年一班的班級內，來了位穿著黑色制服的棕髮少年，關島以利高校的法籍學生傑拉德・德・馮爾蒙。

傑拉德相當內斂沉默，但也不會拒人於千里之外。面對他人的好奇，他的回應雖然稱不上是熱情，但都維持著基本的禮貌，簡要而平靜地給出答覆，終結每個對話。

這樣的態度，一方面畫出了與他人之間的界線，一方面也為他蒙上了神祕感。人們不再積極地主動攀談，反而是在背後議論，帶著崇拜般的好奇，偷偷觀察猜測傑拉德的所有行徑。

「傑拉德很受歡迎耶。」封平瀾趴在桌上，看著坐在教室一隅的傑拉德，對方正靜靜地看著原文書，沉浸在自己的世界裡。教室裡外有不少女學生正盯著他，有的是明目張膽地注視，有的則是偷偷側目。

不管是哪一種，意圖都很明顯。她們想接近他，但又因那高冷的態度而裹足不前。

「那只不過是較為精緻的裝模作樣。」白理睿輕聲回應，伸手以食指與中指輕輕夾住面前簿本的書頁，瀟灑地將書頁撥彈翻面，閱讀了兩秒，發出一陣深長的嘆聲，「噢，我的心吶，不要不安，你要忍受命運的打擊。你被冬天奪去的一切，新的春天會將它歸還……」語畢，唏嘘不已。

封平瀾抬頭望向白理睿，「理睿，你肚子痛嗎？要不要吃正露丸？」

「並不是！」白理睿將書舉起，露出老舊的書皮，「是海涅的詩！我在努力營造出曲高和寡的高遠孤寂，你一直和我講話會讓我看起來太過市井。」

璁瓏看了看白理睿，又看向坐在另一角的傑拉德一眼，「你是在學他？」

「我以為你討厭那傢伙。」墨里斯挑眉，「畢竟就理論上而言，他算是你的競爭對手呢。」

「什麼是叫理論上而言！」白理睿挑眉，「我一直都是處在顛峰狀態與人正面對決。」

「你以為你也是賽場內的選手，但別人只把你當工作人員，只有在詢問廁所位置時才會想到你。」璁瓏喝了一口鮮奶，瓶中已空，他拿起瓶蓋舔舐上面最後的奶滴。

「這叫師夷之長以制夷。」白理睿推了推眼鏡，「我已經看穿他的手法。他只是故作高深，刻意流露憂鬱氣質，讓自己像一首隱晦的詩，充滿暗示，無法一眼望穿。女生都喜歡神祕的東西。這招很賤也很高妙。」

「這樣的話，理睿要不要扮成船梨精？我覺得船梨精既可愛親民又高深莫測！進可攻退可守耶！」封平瀾認真建議。

「神祕不等於詭異……」白理睿再度伸出食指和中指，姿態華麗地移到鼻梁上，將鏡框向上推，但推了和沒推一樣。

「模仿的想要贏過本尊有點難耶。」封平瀾提醒。

白理睿發出一聲朗笑，伸出手指輕輕地左右晃動。

這是他的新招，名叫「貴族式的優雅」，但墨里斯和璁瓏看了只想揍他。

「現在只是見習試驗。那傢伙十二月就會離開，他的招式我會繼承流傳。」白理睿露出了自信的笑容，「到時候，那些傷心的少女會在我身上尋求他的影子，我則用詩篇和淡漠的溫柔撫慰她們空虛寂寞的心。」

墨里斯嘖嘖稱奇，「你猥褻的程度令人尊敬……」

白理睿伸出食指和中指輕輕一揮，自認瀟灑地接受讚美。

「況且，他的出現影響最大的並不是我。」白理睿望向坐在斜後方的百嘹。以往百嘹下課時總是被女學生外找，此時卻坐在位置上滑手機。「我一直都處在深淵，某人則是被扯下皇位。」女人啊，真是現實的動物。

「百嘹你還好嗎？」封平瀾關心地問。

「要不要和我成為盟友？」白理睿高姿態地邀約，「在被女孩子冷落拒絕的經驗上，我可是遠超你一百個馬身。我可以教你如何度過一個人的空閒時間，如何照顧心裡的傷——」

「抱歉，請等一下……」百嘹頭也不抬地開口，「上次在飯店裡認識的夫人邀我去打馬球，還有好幾場飯局要我排時間……」他快速地打字，連續回覆了好幾個對話框，最後喘了口氣，放下手機苦笑，「真不該在動態上打『久違的閒暇』吶。你剛才要問我什麼？」

「……什麼都沒有。」

當別人正試圖征服聖母峰，這傢伙的等級已經到達外太空。

百嘹看了傑拉德一眼，對方正好在翻書時抬眼。兩人的目光在電光石火間交會，停駐一瞬，接著錯過。

百嘹挑眉輕笑，「我們的新同學似乎不是他所展現出來的那樣呢，呵呵。」

「英雄所見略同。」白理睿拍了拍百嘹的肩，「我也覺得他故意裝內斂憂鬱，只是為了吸引女生注意的伎倆。」

百嘹淡笑不語。

他在傑拉德眼中看見的，是更深層、扭曲的陰影……

封平瀾盯著傑拉德。雖然有不少人對他感興趣，但是沒人和他有更進一步的互動。

看著那孤獨高冷的身影，他不由想到了奎薩爾。

「會不會只是害羞呀。」封平瀾撐著頭開口，「可能是因為人生地不熟，所以比較拘謹，說不定他現在肚子很餓呢！」

「喔。」璁瓏、墨里斯和白理睿隨便應了聲，擺明了「干我屁事」。

封平瀾盯著傑拉德，片刻後忽地站起身。

「你要幹嘛？」

「老師不是說要關照姐妹校來賓？」封平瀾笑著開口，「班長不在，只好由我來負責讓他感受人情溫暖啦！」

米白色的書頁翻過。

唰。

眼角的餘光裡，捕捉著周圍的動靜。忽然，一個人影坐入前方空位之中。接著，一張臉大刺刺地出現在他面前，直勾勾地望著他。

傑拉德將視線緩緩移開頁面。

友好度破表的笑臉，出現在他正前方。

「嗨！你好！」

「你好。」傑拉德淡定地回應。

「我是封平瀾！」封平瀾低頭看了看傑拉德手中的書，「你在看什麼書呀？」

「愛之罪。」

「喔，好像很厲害！」封平瀾點點頭，「內容在說些什麼？」

「這是本短篇故事集，因此內容無法一言蔽之。」

面對封平瀾的突然出現與貿然詢問，傑拉德有問有答，精要地給予回應，沒有任何多餘的疑問與寒暄。雖然沒有拒絕和排斥，反而更讓人有距離感。像是一臺機器，輸入的任何問題都能解決，但無法有更多的交流和互動。

「你很酷耶。」封平瀾笑著開口，「你都沒有別的表情嗎？」

「有。但是目前的情境無法讓我做出其他表情。」

「說的也是，現在突然要我哭的話我也哭不出來。」封平瀾點頭表示理解，「你喜歡這本書嗎？」

「是的。」

「你逛過整個校園了嗎？」

「沒有。」

「一起去晃晃吧！」封平瀾站起身。

傑拉德看了鐘一眼。距離上課還剩三分鐘。

「下一節是班導的歷史課，他會通融的啦！」封平瀾朗笑著揮揮手。在傑拉德尚未做出回應前，便逕自牽起對方的手，將他拉離座位。

「走啦走啦！你是姐妹校的學生，他不會對你怎麼樣啦。」封平瀾停頓一下，「我也不會對你怎麼樣喔，放心！」

傑拉德的嘴角微微上揚，微小得幾乎讓人分不出是微笑，還是單純因為說話時肌肉被牽動。

細若遊絲的輕蔑。

傑拉德似乎妥協，他放下書，任由封平瀾拉著自己離開位置。

兩人經過走道時，正好和回位的伊凡和伊格爾擦身而過。

「你要去哪？」伊凡好奇開口。

「帶新同學進行校內冒險。」封平瀾笑著開口，「伊凡要一起來嗎？」

「我也想，但我這陣子最好低調一點。班導好像知道把兵馬俑模型加上胸部的人是我。」伊凡沒好氣地哼了聲，「不過那後來被畫上的乳暈可不是我幹的。」

伊格爾站在一旁，不認同地搖了搖頭。

「喔，那是我加的，哈哈哈。」封平瀾抓了抓頭，爽快地承認，「幫我和班導說我和新同學培養感情啦！」

「手下留情啊，上次被你帶去培養感情的傢伙，現在坐下時還必須放軟墊呢。」伊凡故意說些嚇唬人的話，同時壞心地觀察傑拉德的反應。

但傑拉德只是淡漠地站在封平瀾身後，看著伊凡和伊格爾。

明明是平靜內斂的表情，但那淺褐色的眼眸，讓伊凡感到一陣不自在。

封平瀾拉著傑拉德匆匆離去。離上課只剩一分鐘，大部分的學生都步向教室，封平瀾和傑拉德則與眾人逆向，朝著教學大樓外移動。

「想先逛哪呢？」封平瀾邊走邊開口，「販賣部？食堂？社團教室？宿舍？還是理睿最愛的女子更衣室呢？哈哈哈哈！」

「醫療中心。」

「喔?!」對於這個答案，封平瀾感到喜出望外，「當然好啊！怎麼會想去那裡呀？我們學校沒有美豔的校醫姐姐，如果你是白袍控的話可能會失望啦。」

「我想知道曦舫的醫療中心會怎樣治療傷患，能容納多少傷患。」

「是喔？」封平瀾偏頭詢問，「傑拉德是擔心學園祭時會受傷嗎？放心，我們學校的設備很好，老師都很厲害！」

傑拉德微愣，停下腳步，「你也是召喚師？」

「我也是影校的學生喔！」封平瀾沒有直接承認，笑著開口，「看不出來嗎哈哈哈！剛剛的伊格爾和伊凡也是喔！」

傑拉德內斂的面容出現了較為明確的情緒，輕視、不屑。

「看起來不像。」傑拉德繞著封平瀾，緩緩地踱步，以帶著審視的銳利眼神，仔仔細細地打量。

不管是氣質還是架勢，破綻百出。一名經過訓練的召喚師，即使在放鬆的狀態，軀體也會反射性地有所戒備，隨時應變。就像軍人一樣，有種獨特的敏銳與氣勢。

他一踏入班上就大概知道那些人是影校的學生。但他不確定哪些是人，哪些是契妖，讓契妖一同入班的影校只有曦舫。

荒謬至極的策略……

這樣的特質在封平瀾身上完全看不見，他的身上也沒有半點咒力殘存的痕跡，連妖氣都非常淡，且來自於雜妖，並非自身的契妖，使他無法判斷辨識對方的契妖類型和能耐。

就像個純粹的平凡人一樣。

「傑拉德？」封平瀾雙手捧頰，羞怯地開口，「……你這樣盯著我看，會讓我以為你想向我告白哈哈哈哈哈！」

傑拉德臉色一沉。

不，比平凡人還更加愚昧無知……

「我沒想到會和你這樣的貨色並列召喚師之列，你的存在使所有的召喚師蒙羞。」傑拉德看著封平瀾，淺笑著丟出傷人的語言，「也只有曦舫會收留這種等次的人。畢竟丹尼爾最喜歡搜集廢物，以為能從破銅爛鐵裡提煉出黃金。」

他邊說邊觀察著封平瀾的反應。

他惡劣地期待著，自己的話語能將那明朗的笑顏粉碎，期待著惱怒、羞愧、悲傷的情緒出現。

但封平瀾仍然擺著一張傻臉，尷尬地笑了笑，「那個……丹尼爾是誰呀？」

傑拉德愣愣。

看來這傢伙的自尊心和意志比他預期中來得堅強……

「曦舫的理事長。」傑拉德盯著封平瀾，冷聲諷笑，「你連自己學校的理事長叫什麼都不曉得？看來他在拉低入學標準的政策上不遺餘力。」

「我不曉得理事長的名字……可是我知道食堂大嬸的名字。」封平瀾努力想為自己扳回一成。

他和理事長不熟，但是他和食堂大嬸很熟。況且知道理事長的名字對日常生活沒有任何效用，知道食堂大嬸的名字點燴飯時能夠多得到幾片肉。

傑拉德挑眉，對於他的從容感到意外。

那看起來不是刻意裝出的灑脫，而是完全不受影響。那不是毫無自知之明的遲鈍，而是置身事外的超然。

「你總是這麼開朗正向？」傑拉德反問，「這是你保護自己的方式嗎？」

封瀾瀾聳聳肩，根本不在意傑拉德的批評。

傑拉德所說的話，他已經從別人口中聽過無數類似的話語了。但他原本就不是召喚師，所以這些言語攻擊根本無法造成傷害。就像一名廚師被人罵傭醫，不痛不癢。

封平瀾傻笑了兩聲，「其實你很健談耶。你要是多說點話，一定會迷倒更多人，搞不好連百嘹都要甘拜下風呢！」

傑拉德挑眉。對封平瀾的話語不予置評。

封平瀾自顧自地繼續說著。傑拉德看著那不斷發出噪音的愚蠢笑臉，腦中只想著同樣的問題——

……要怎樣粉碎這張朗笑的臉？要如何讓它染上絕望的色彩？

這聒噪的嘴，痛苦時又會發出什麼樣的哀鳴……

「傑拉德？」封平瀾發現傑拉德在發呆，伸手向前，打算拍拍對方的肩。

然而，傑拉德如鷹隼般，猛力而粗暴地擒抓住封平瀾的手掌。

「啊唷！」

掌心傳來的疼痛讓封平瀾皺起了眉，瞇起了眼，未癒的舊傷受到刺激，傳來一陣銳利的痛楚，讓他反射性地將手抽離。

那短暫的愁容，讓傑拉德眼睛一亮。

「不好意思，我手上有傷啦，哈哈哈……」封平瀾傻笑著解釋，他甩了甩手，想甩去舊傷傳來的疼痛。

傑拉德看著忍痛微笑的封平瀾，一股戰慄的快感自心底蔓延，都因這難以扼制的渴望。殘酷的、嗜虐的、毀滅的欲念。

他想看，想看更多的痛苦與絕望……

傑拉德深吸口氣，壓抑下內心的騷動。

啊，他得忍耐。現在時機不適合……

這是別人的地盤，他不會蠢到犯禁自找麻煩。

「你累了嗎？還要繼續參觀嗎？」封平瀾詢問。

「不了。」傑拉德轉身，逕自走回原路，「我很期待晚上的課程……」

俊美精緻的五官，因殘虐而病態的笑顏而扭曲。他伸手摀住嘴，伸吸了一口氣，好不容易回復了原本淡然的表情。

體育課，學生們散布在體育場上，各自進行活動。除了游泳課必須共同進行以外，大部分的時間都是讓學生們自己選擇感興趣的運動，沒有固定的主題。

封平瀾照例加入打籃球的行列，結束時來到了看臺上的休息區與白理睿會合。白理睿不擅長運動，但他擅長假裝自己擅長運動，以搭訕運動系的女生。

體育課時，他總是在做完體操之後，就直接窩到一旁休息，或跑去觀賞體操隊的練習，直到被驅趕為止。

封平瀾一坐下，白理睿便順手將毛巾遞給他。

「擦乾。別把汗臭味沾染到我身上。」

「噢噢！謝啦！」封平瀾接過毛巾擦了擦臉，桃子的香味迎面而來，「好香喔！是桃子的味道！」他用力地吸了幾口，甜甜的香氣讓他巴不得把毛巾塞到嘴裡。

「那是桃子香氛袋的味道。」白理睿皺了皺眉，「喂！你是不是偷偷含在嘴裡？髒死了！」

「理睿怎麼突然這麼愛桃子啊？」封平瀾好奇。

「就……覺得桃子不錯……」白理睿支吾其辭，不曉得要怎麼說明玖蛸的存在。事實上，即便到現在，他仍在心底懷疑，玖蛸是不是他幻想出來的東西。

「我知道了！」封平瀾擊掌，「是不是理睿喜歡的人愛吃桃子，所以你故意讓自己充滿桃子的香味，想藉機讓對方對你產生渴望？」

「呃，算是啦。」他的小美人在睡前說了一句「想吃桃子」。他準備了好多桃子食品，甚至讓整個房間都充滿桃子的香味，但小美人還是沒有醒來。

他不曉得玖蛸什麼時候會醒。也不曉得玖蛸醒了之後要怎麼辦。當下的他，只能靜靜地守著。

「你相信這個世界上有超自然生物的存在嗎？」白理睿試探地開口，「那些傳說中的生物，但不是幽靈和鬼怪……」

封平瀾偏頭一下，「你是指人面魚之類的東西？」

「呃，我是說妖……」

封平瀾的背被拍了兩下。回頭，只見宗蜮正站在他身旁。

「小蜮兒，有事嗎？」

宗蜮點點頭，看了白理睿一眼，然後轉身啟步。

「等我一下！理睿我馬上回來，等會兒繼續聊喔！」

封平瀾匆匆追上宗蜮，來到看臺轉角處。宗蜮左右張望了一陣，接著將手伸入口袋。

「怎麼了嗎？小蜮兒。」

宗蜮抽出手，肥腫的手掌握成拳，遞向封平瀾。封平瀾伸出雙手。

圓潤的手張開，一個透明的球體落入封平瀾的掌中。球體的一端突出一截管子，管口以蠟與細小的咒條封起，上頭綁了條線，中空的內部灌著淺黃色的液體，以及一根半黑半白的針，和些許的碎片。

「給你。」

「這什麼？」封平瀾拎起線，打量了一番，「看起來有點像浣腸劑耶。」

「這是你要的追蹤咒儀……」宗蜮沒好氣地解釋。

「喔喔！這麼快就做好了?!謝謝耶！」封平瀾盯著那乒乓球大的追蹤咒儀，仔細一看，可以辨識出裡頭有些飄浮物是花瓣和明信片的碎片。

「這個要怎麼用呀？」

「灌入咒力就能發動。」

「是喔！」封平瀾點點頭，「那，要怎麼灌？」

宗蜮狐疑地看了封平瀾一眼，確認對方是認真的而非開玩笑，眼底掠過了一絲詫異的神色。但他沒多說什麼，不動聲色地接過追蹤咒儀，專注精神，低吟聲咒語，接著將咒儀遞回給封平瀾。

「謝謝！」封平瀾開心地接下。

「它會一直維持在發動的狀態。裡頭裝著的指針會與緝端產生共鳴，只要接近與紳士怪盜相關的人事物，垂直的指針就會轉為水平，引導你方向。如果遇到緝端本身的話，這整個瓶子都會發亮。」

「好厲害！」封平瀾讚嘆地盯著咒儀，「可是小蜮兒，這個指針現在就在轉動耶。」

「什麼？」宗蜮不相信，湊過頭觀看。

果然，原本垂直沉在瓶底的針，此時浮在圓球中央，不安地左右轉動著，像是在找尋目標。

「這是壞掉的意思嗎？」

「不可能。」他對自己的技術有自信，追蹤咒儀這種東西對他而言就像組裝扭蛋模型一樣容易，不可能失誤。

兩個人盯著圓球內的指針，看著它在瓶內高速旋轉。

最後，指針定格，指向一方。

兩人朝著指針定位的方向望去。

黑色的針頭，筆直地指著正在假看書、真看妹的白理睿。

宗蜮和封平瀾同時愣愣。

「……好像有點不意外，但又好像很意外……」非常複雜的感覺。就像平常開的玩笑成真一樣。

「所以，我可以解剖他了嗎？」宗蜮輕輕甩袖，兩把解剖刀刷地出現掌中。

「等一下！」

「我知道要留活口……」宗蜮回首，陰惻惻地一笑，「只要還有呼吸都算活著，我會拿捏得很好的，嘻嘻嘻……」

「不是啦！」封平瀾趕緊向前，「瓶子還沒發亮對吧！所以理睿不可能是紳士怪盜。」

「或許他們是同夥……」宗蜮揚起笑容，「既然不是本人，就可以不用手下留情了。念在同學一場的分上，我會盡量讓他保持完整的，嘻嘻……」

「不可能吧！」理睿怎麼可能會和紳士怪盜有關？他只是個單純正直又害羞的變態罷了！「會不會是弄錯了？」

談話的同時，坐在原位的白理睿起身，離開位置，移動到場地的另一側，因為女子體操隊集合到場邊休息。

「不可能出錯。」宗蜮極有把握，「不趁他落單，之後就難下手了……」

「可是——」封平瀾努力想找出為白理睿辯駁的藉口，他盯著咒儀，忽地發覺異樣，「你看，咒儀沒有變化！理睿換位置了，但指針還是指著原本的地方！」

宗蜮盯著咒儀，裡頭的針依舊指著白理睿原本所坐的空位。他有點失望地嘆了口氣。

封平瀾握著咒儀，緩緩步向白理睿的位置，在空位周遭繞了一圈，最後確定指針所指著的，是白理睿一整天捧在手中的詩集。

他拿起那本陳舊的海涅詩集，泛黃的頁面透露出書本年代已久。書頁裡除了原本印著的中德對照詩篇以外，在蝴蝶頁和書眉的部分有不少筆記，寫著自創的詩歌。

翻到最後一頁，上頭寫著「社內財產，禁止攜出」。

封平瀾將本子前後翻轉，看不出這本普通的書有什麼特別之處。

一片紙箋從書頁中掉落。封平瀾彎腰拾起，那是一張未寄出的明信片，被拿來當成書籤，紙卡上印著一朵月夜裡盛開的蓮花。

「你們也想加入憂鬱文青的行列嗎？」

封平瀾和宗蜮回頭，只見白理睿正返回原位。

「雖然我習慣單獨行動，但為了你們這兩位情場新手，我可以姑且帶領你們探索。」白理睿優雅地伸出兩隻指頭，撥了下前額的頭髮，接著指著宗蜮和封平瀾，「先說好規則，行動時你負責打頭陣，去向女孩子說拙劣的笑話，讓她們覺得你又憨又傻，藉以突顯我的機智與瀟灑；你負責在背後說我好話，讓她們覺得我人畜無害正直善良。當你們搞定之後，最後就由我出場負責——」

「下藥姦殺？」宗蜮接口。

「對——才不是！」白理睿厲聲反駁。

「理睿，這本書哪來的？」

「向社團借的，你知道的，我一直都是詩歌賞作同好會的幽靈社員。」

「可是上面寫禁止攜出耶。」

「呃。」白理睿有點尷尬地開口，「我早上去社團看沒人，就直接拿了……反正我之後會歸還。」

「你知道這本書是誰的嗎？」

白理睿聳肩，「前代社員吧？我只有開學時去過一次，不清楚裡面的狀況。」

「為什麼不去了？」

白理睿沒好氣地哼了聲，「我以為裡面會有清純內向的文學少女，但誰知道裡頭盡是些陰陽怪氣、無病呻吟、又沉浸陶醉在自我幻想中的臭男生。」

宗蜮不解，「那不就和你一樣？」

「我還沒到那種地步好嗎！」白理睿反駁。他看著封平瀾，不好意思地開口，「如果你在意我不告而取，我放學還回去就是了。」

「不會啦！我只是剛好也想借這本書而已，可以先借我看嗎？」

「好啊。反正我原本就對詩歌沒什麼興趣，書上的眉批寫得還比較有意思。」

「謝謝啦！」封平瀾笑著收起書，「對了理睿，你原本要和我說什麼？超自然生物什麼的？」

白理睿看了看宗蜮，勉強笑了笑，「沒有。只是無聊隨便說說而已。」

看臺下方，一名同班的男學生向封平瀾招了招手，吆喝他下來進行另一場球賽。封平瀾應了聲，收起宗蜮給的追蹤咒儀，下樓和隊友會合。

當他正準備穿越體育場邊境時，一顆籃球劃空而過，砸上他後腦勺。

「啊唷！」

封平瀾一屁股跌坐在地。還來不及反應時，彈起的籃球二度襲來，打中他的側臉。

封平瀾趴倒在地。他慌亂地爬起，翻身，正好與第三度砸落的籃球擦身而過。

「喔喔！好險！」

他站起身，看著球往場邊彈去。正以為沒事時，原本向前彈躍的球，以詭異不合常理的角度落地，朝著他所在的位置高速反彈而來。

「哇！」封平瀾閃避不及，伸起手護在面前，打算直接硬擋下這一擊。

然而，球在離封平瀾約兩公尺處便突然爆破，掉落地面。

封平瀾眨了眨眼，伸腳用腳尖戳了戳籃球皮，接著彎腰拾起。

「喂，怎麼了？」

封平瀾轉頭，只見柳浥晨正向自己奔來。

「它……破了！」封平瀾驚訝地看著自己的雙手，「沒想到我竟然有這樣的能力……難道潛藏在我體內的黑暗力量覺醒了?!」

柳浥晨翻白眼，「少中二了。」她轉頭，蹙眉質問，「你是故意的？」

「啊？」

「我只是想將球召回，省去追逐撿回的時間。」

一個平靜而帶有磁性的嗓音從後傳來，封平瀾轉頭，只見傑拉德正朝著自己走來。

傑拉德還是一樣鎮定泰然，彷彿什麼事都沒發生般處變不驚。他正打算彎腰撿起破裂的籃球時，柳浥晨搶先一步，將之拾起。

「我來收就好。」柳浥晨揚起客套的假笑，「非影校時間不能使用咒語。」

「我不習慣這裡的規定。」傑拉德淡然回應，「抱歉。」

「你最好早點習慣。」

柳浥晨瞥了手中的籃球皮一眼，皮上扎著細針、炎咒的焦痕、細紅繩、以及被利刃劃過的切口。

她回頭掃了場中一記，百嘹、海棠、冬犽各自散布在場中活動，一副若無其事的樣子，坐在場邊休息的蘇麗綰則不好意思地撇開頭。

「我會的。」

柳浥晨對傑拉德揚了揚虛假的微笑，接著拉著封平瀾，轉頭而去。

「班長？」

「你真的很會招蜂引蝶。」柳浥晨沉著臉指責。

「噢！真的嗎？」封平瀾吃驚地左右張望，「妳是說有人暗戀我？天啊好害羞！班長可以透露一下是誰嗎？幾個字？第一個字是——？」

「拜託你有點警覺性！」柳浥晨瞪了封平瀾一眼，「傑拉德已經盯上你了，剛才籃球會對著你砸就是他幹的！」

「是喔！」

「你又做了什麼了？」柳浥晨沒好氣地環胸。

「我只是帶他去逛校園而已。」封平瀾偏頭想了一下，「他好像覺得我很遜，不配當召喚師。」

「階級主義的垃圾。」柳浥晨低咒了聲，接著冷笑，「他覺得你很遜？很好，等到學園祭時再好好地用拳頭讓他認清楚真相，我會把他揍到連陰囊都從嘴裡吐出來！」邊說，手掌在空中做出了扯捏的動作。

「班、班長，冷靜一點！」封平瀾趕緊安撫。

柳浥晨盯著封平瀾，嚴肅地開口，「在學園祭前，你最好低調一點。你是我們的祕密武器，不要讓其他人知道你有六個契妖，我可不想要到時候被其他四校的人聯合追殺。你裝得越笨拙無能越好，知道了嗎！」

「是是是。」封平瀾口裡應聲，心裡偷笑。

他根本不用裝。因為他原本就什麼都不會。

「對了班長，傑拉德剛才說不習慣這裡的規定是什麼意思？」封平瀾想到傑拉德的話語，好奇發問，「其他影校都可以直接使用咒語嗎？」

「也不算是。正確來說，只有曦舫有日校和影校之分，所以才會有這項規定。其他影校全都只有召喚師，所以不需要隱藏能力。」

「是喔！」

「你不知道？」柳浥晨挑眉，「曦舫的校風與其他影校不同，通常入學的學生都會知道這點的。」

「呃……」封平瀾轉了轉眼，隨口謅出個理由，「我比較想要留在家鄉所以就選這裡，沒有做太多比較，哈哈哈……」

柳浥晨解釋，其他影校全都以各種不同的名義存在，有的藏在軍事基地，有的是辦公大樓，或者直接設立結界將整個學校隱藏。只有曦舫大剌剌地以學校的名義存在於世上，並且招收一般人類學生。

柳浥晨沒好氣地哼了聲，「你還真是有勇氣啊。話說你選校時家人沒給你意見？曦舫的風評很兩極化，保守的家族通常都會選擇大西洋區的傳統學院。」

封平瀾笑了笑，「不管我做了什麼選擇，他們都會同意的。」因為根本沒人在乎嘛。

「我覺得這裡很棒！我很慶幸自己選擇了曦舫。能夠認識大家真的是很美好的事！」他笑看著柳浥晨，認真地開口，「我喜歡班長，喜歡這裡的每一個人，每一分每一秒都令我珍惜，就像是一場成真的美夢。」

直到夢醒前，即便是被找碴，被刁難，被羞辱，被傷害，他都覺得是好事。

柳浥晨微微一愣，面對這麼率直的發言，不由感到一陣羞赧。

「這是白理睿教你的嗎?別盡說些像痴漢一樣的深情發言，令人反惙……」

封平瀾向前跨了一大步，繞到柳浥晨面前，盯著對方的臉。

「幹、幹什麼?」柳浥晨皺眉。

「班長，妳在害羞嗎?」他揚起嘴角，「要不要與我並肩坐著，駕著輕舟，在幽靜的夜色下漂流?」他唸出剛才在詩集裡看見的文句。

柳浥晨瞪大了眼，臉上瞬間掠過各種複雜的神情，接著暴吼，「駕你妹啦白痴!」接著將手中的籃球皮用力地甩向封平瀾的腹部，憤然踱步離去。

經柳浥晨提醒，封平瀾才發現，傑拉德似乎真的在注意他。下午的課，他有好幾次抬起頭時都發現傑拉德正盯著他。

每一次四目相接，他都會友善地向對方揮手或微笑。他本以為傑拉德會因此對他感到厭倦，沒想到傑拉德仍舊直勾勾地盯著自己，絲毫不掩飾或迴避。

「為什麼他一直盯著你看，你又做了什麼？」璁瓏低聲詢問，皺了皺眉，「他是不是想肛你？」

封平瀾差點從位置上跌下，「你在說什麼啊！」

「我在論壇裡看到的。有一個會員分享了她寫的文章，內容是把水族箱裡的魚都擬人化，然後發生了一些同性交配的情節。不過那傢伙顯然不擅生物學，她寫的是雀鱔和皇帝魚的故事，但事實上，魚類裡只有亞馬遜河豚會同性交配……」

「謝謝你的分享，真是讓我長知識了。」封平瀾乾笑了兩聲，「不過，我想應該只是因為他不太喜歡我。」

「為什麼？」

「可能因為我無能吧。討厭一個人和喜歡一個人一樣，不太需要明確正當的理由。」封平瀾抓了抓頭，不好意思地笑了笑，「可是我還頗想和他好好相處的說。」

「的確。」璁瓏點點頭，他回頭看了傑拉德一眼，下了結論，「我討厭他。」

「哈哈，別這樣嘛。」封平瀾笑了笑，「他們學園祭結束後就會離開了耶。或許和他混熟之後就會發現他人不錯。」

璁瓏瞥了封平瀾一眼，「我雖然不討厭你，但是我不喜歡你對每個人都好。」

「小璁璁，你是在吃醋嗎？放心，我對你的愛是不會因分母變大而減少的。」

璁瓏不以為然地哼了聲，「白痴。你就不要到時候被他整了，還以為別人是在和你玩！」

坐在附近的冬犽、百嘹、墨里斯和海棠，同時露出了認同的表情。

傍晚時分，日校最後一堂課結束，純日校的學生們紛紛收拾東西，準備離開教學大樓。影校的學生則會刻意在教室裡逗留，或是前往四樓寫著「學生止步」的空倉庫打發時間，等到日校生離去後再進入影校。

封平瀾背起背包，對著同伴開口，「我去綜合大樓一趟，等會兒教室見。」

「我陪你去。」冬犽立即起身。

「不用啦，」封平瀾回頭看了傑拉德一眼，對方果然還盯著他看。他小聲低語，「這陣子最好低調一些，不要引人注目……」不管是班導還是班長，都要他們低調，雖然兩者的立場和理由不同，但目標一致。

冬犽嘆了口氣，「好吧，自己小心。」

「放心！只是在學校裡，不會有問題的啦！」

封平瀾一踏出教室，傑拉德便想跟上。但柳浥晨立刻迎上前，臉上掛著營業用笑容。

「傑拉德同學，今天晚上是姐妹校學生第一次在曦舫影校進班觀摩，老師們擔心你們不熟悉環境，特別交代班長——也就是敝人——帶領你們前往影校，介紹曦舫影校特色以及辦學宗旨。」

「不用了。」傑拉德漠然拒絕。

「傑拉德同學的中文不太好呢。」柳浥晨揚起微笑，「剛剛那句不是疑問句，而是命令句喔。」

傑拉德看著柳浥晨，發現對方並沒有退讓的意思。他望向門邊，封平瀾已不見身影。

「好吧。」傑拉德妥協地起身，望向柳浥晨，淡漠的表情漾起了笑容，「有勞妳了。」

傑拉德的笑容，讓周遭女學生倒抽了一口氣，彷彿親見天使降臨。

他不常笑，但每當他做出笑臉時，總是有人無知地以為自己是特別的，以為自己在他心中占有不平凡的地位，因此卸下心防。

但柳浥晨只是略顯詫然地挑眉，沒有羞澀、沒有陶醉，也沒有隔空受孕的感覺。

「走吧。」她漾著客套的微笑，領著傑拉德離開。

傑拉德在心底冷笑。

裝模作樣……

他知道，這是一種欲迎還拒的手段，想藉機突顯自己高冷不可攀，其實內心比誰都還熱切期待。

他會撕下她固作矜持的偽裝……

封平瀾背著背包，匆匆跑到社團大樓。詩歌賞作同好會是屬於日校管理的一般社團，因此社團教室位在A棟大樓。

放學時分，整棟社團大樓空盪盪的。教室內的電燈都已關上，中央空調的暖氣也停止運作。

封平瀾推了推門。門沒鎖。進入大樓內，裡頭也沒有管理員，不像B棟有梁姨在底下鎮守。一般社團大樓的保全明顯鬆散，只有各間社團教室門上有鎖，其他地區進出都很自由。

封平瀾掏出追蹤儀，盯著裡頭的指針。指針輕輕地左右顫動，似乎有所感應，但因目標太遠，所以訊息微弱。他將追蹤器塞回口袋，邁開腳步。

如果這本詩集和紳士怪盜有關聯，那麼紳士怪盜很可能與曦舫有關。從詩集的外觀和紳士怪盜最早犯案的時間推算，他猜測可能對方可能曾經是曦舫的學生。考量到曦舫的體制，也有可能是在學生。

他還沒告訴其他人，打算默默地暗中搜集證據，以免打草驚蛇。

穿過走道，來到位於五樓角落的詩歌賞作同好會教室。冷門的社團多半被歸劃在五樓，與其他社團的倉庫雜處。

詩歌賞作同好會的教室在最裡處，門板上以自行列印的紙張上寫著社團名稱，背景襯著歐風的花卉圖，以及一首法文詩歌。原本鮮豔華麗的色彩因濕氣而褪落，紙面皺起凹凸不平的潮痕。

封平瀾轉動門把，向內開門。

屋裡是亮著的，室內呈長方形，約三分之一間教室大小，很明顯是將一間教室切割隔出的小空間。內部有幾個大小不一的書櫃，圓桌，和幾張椅子。整個教室給人凌亂陳舊的感覺，唯一可觀的只有那扇西向的窗。夏季時總是被學生詬病的窗位，此時正好捕捉到了冬季黃昏時刻最後一抹殘霞。

窗前站了個人，一手捧著精裝筆記本，一手拿著鋼筆，本來正欣賞窗外之景，因不速之客的闖入而回首。

屋裡人是個穿著格子襯衫和牛仔褲的男子，約二十五到三十歲之間，臉上戴著黑框眼鏡，老氣的短髮略參差地垂在額前，似乎有段時間未整理。

「……現在不是社團時間喔。」遲疑了幾秒後，男子輕聲開口，笑容有點靦腆，顯然不擅與人交際。

「喔，抱歉！」封平瀾沒料到有人，對於自己的冒失感覺些許不好意思。

「所以，你是想入社嗎？」男子不確定地詢問。

「呃……」封平瀾抓了抓頭，「只是來參觀啦，哈哈。」

「原來如此。」男子點點頭，目光停留在封平瀾手中捧著的詩集，「那本詩集怎麼會在你手上？」

「啊！」糟糕，人贓俱獲。「這個是我朋友借我的，他也是社員……」封平瀾看見男子的表情有些困擾，趕緊接著補充，「他也知道社產不能攜出，但是我聽他描述過內容之後，對這本書很感興趣，所以才拜託他幫偷偷幫我帶出來。我現在就是特地來歸還書籍的。」

「你也喜歡海涅的詩？」男子眼睛一亮。

「嗯，對。」

「你最喜歡哪一首？」男子興奮地追問，「羅蕾萊？月光中的菩提花？還是告白？」

「呃，其實呢……」封平瀾努力亂掰，「比起書裡的內容，我覺得眉批上寫的詩很不錯……」

男子瞪大了眼。

封平瀾看見他的耳根很明顯地瞬間泛紅。

「真、真的嗎？」男子摀住了嘴，片刻，才不好意思地低聲承認，「其實……那是我寫的……竟然有人喜歡……」

封平瀾詫異，沒想到這麼容易就找到了和書本有關聯的人。

只是眼前的男子感覺非常內向，就像個單純老實的宅男，與狂妄自戀的紳士怪盜差了十萬八千里。

「請問你是校內的老師嗎？」

「不是的，」男子靦腆地搔了搔臉頰，「我只是外聘的社團顧問。我叫岳望舒。」

封平瀾點點頭，「那岳老師是曦舫的校友嗎？」

「不是耶……」岳望舒不好意思地低下頭，「畢竟我只是個平凡人而已。」

「這樣喔。」封平瀾狐疑地看著岳望舒，不確定地開口，「岳老師，你在其他地方發表過你的詩嗎？」

「我有個人部落格。」岳望舒輕咳了一聲，「不過點閱率一直都不高……」

封平瀾抽出夾在書裡的明信片，「老師，那這張明信片是從哪來的？」

「那是我在創意市集買的，你喜歡嗎？可以送你。」

原來是這樣啊……

看來岳望舒與紳士怪盜並無關聯，只是個碰巧遇過紳士怪盜的愛詩人罷了。

「那你還記得這張明信片——」封平瀾本想繼續追問，但岳望舒舉起手，打斷了他的問話。

「啊！已經快四十分了！」岳望舒看了下手錶，慌張地開口。他匆匆將簿本闔上，塞入帆布包裡，「我得走了，趕不上下班門限的話可是會被扣錢的吶。」

曦舫學園規定，學生和非正職員工皆必須在五點四十分之前離開學校。

這是對日校生以及和影校無關的雇員定的規定，為的是在影校課程開始前將所有無關的人驅離。

「喔，好。」封平瀾側身讓岳望舒離開。

岳望舒對著封平瀾點頭告別，靦腆地開口，「下回再聊，希望你能加入社團……」

「嗯，我會認真考慮的。」封平瀾笑著向對方揮手道別。

就在岳望舒經過封平瀾面前時，封平瀾聞到了一股味道。複雜而熟悉的氣味。

首先是怪異的化學臭味，接著是麵粉、奶油的香味。

他知道那股化學臭味是A棟社團大樓中央空調故障所產生的味道，這陣子校內有不少學生帶有這樣的怪味。

但這樣的怪味，伴隨著麵粉和奶油的香氣，他只在一個人身上聞過。

他瞬間想起他在哪裡聞過相同的味道。

「老師，你的工作是什麼？」他叫住岳望舒，一邊詢問，一邊將兩手伸入口袋中，一手悄悄地握住追蹤儀，一手握住手機。

「烘焙師傅。」岳望舒尷尬地搔了搔頭髮，「說來慚愧，原本是想老老實實地開店的，但我的夢想是當吟遊詩人，無法一直待在同一個地方，所以後來就關了店，買了輛咖啡車到處走、到處賣，到處兼職打工……」

「噢。」封平瀾點了點頭。

「還有問題嗎？我真的得趕快走了……」

「為什麼你沒有叫我一起離開呢？」對日校學生和外聘員工宣布的規定是，所有人員都得在五點四十分之前離開校區。

為什麼岳望舒只顧著自己離開，卻不催促封平瀾一起離去？

「我以為你是住宿生，比較不急。」岳望舒笑著解釋。

「噢。」封平瀾再度點了點頭，遲疑了一秒，咽了口口水，「我還有一個問題……」

「嗯？」

「……為什麼，你剛才說你只是個平凡人……」封平瀾觀察著岳望舒的一舉一動，「聽起來好像是，你知道曦舫是所不平凡的學校似的。」

「曦舫的確是所不平凡的學校呀。」岳望舒平靜地說著，「這是所貴族學校，學費很貴，一般人讀不起的。」

「原來如此。」封平瀾點點頭，「那，老師再見。」他握緊了追蹤儀，打算等到岳望舒一轉身便拿出來，直接驗證真相。

但岳望舒沒有離開，而是站在原地，漾著那靦腆的微笑，看著封平瀾。

「老師不走嗎？已經四十八分了喔——」

「不用擔心，這間學校我來去自如。」岳望舒笑了笑，「你問了那麼多問題，可以換我發問了嗎？」

「呃，可能沒辦法，因為我得走了，太晚走會被登記——」

「只有一個問題。」岳望舒指了指封平瀾的腰際，「你口袋裡的手握著什麼？可以讓我看看嗎？」

封平瀾愣了愣，但還是鎮定地抽出左手，「只是手機而已啦。」

岳望舒笑著點點頭，懸在空中的指頭向上一勾。

封平瀾感覺到右邊的口袋傳來一陣扯動，接著，追蹤咒儀掉出口袋，墜落地面。

他低下頭，看見圓球狀的追蹤咒儀，正亮著濃豔的紅光，有如聖誕節的燈飾。

這是他最後看見的景象。

「真是頑皮的雲雀吶……」

這是他最後聽見的聲音。

然後，意識中斷。無盡而寧靜的黑暗將他包圍。

冷風吹拂。寒意刺穿肌膚，深入脊髓之中，令人打從心底打顫。

「哈啾！」

鼻腔受到冷空氣侵襲，反射地打了個噴嚏。

這一聲噴嚏，把封平瀾的意識從黑暗中拉往現實。

「唔嗯……」眼皮沉重，才睜開一點點就立刻閉上。

冷風吹來，他縮了縮身子，蜷伏在布料底下。

天好像還沒有很亮……再睡一下好了……

他打了個呵欠，側身，頭顱下方傳來的堅硬感讓他瞬間清醒。

慢著！他在哪裡？

封平瀾猛地坐起身，左右張望。他認得周遭的環境，是校內社團大樓前廣場的階梯上。

這是……怎麼回事？

他開始回想。

放學後，他背著書包，帶著追蹤咒儀和詩集，來A棟社團大樓調查紳士怪盜的線索……

然後呢？

他的記憶在踏入社團大樓之前便中斷，接下來便連接到醒來後的眼前。

中間發生了什麼事？

他低下頭，發現他的書包就在身邊，詩集躺在不遠處的地上。他把手伸到口袋中，咒儀也在裡頭。

封平瀾鬆了口氣。不管中間發生了什麼事，看來紳士怪盜並沒有發現咒儀。

他撿起詩集翻了翻，是原本的那一本。

既然詩集被留下，是不是代表這條線索根本與紳士怪盜無關呢？或者他根本不是被紳士怪盜襲擊，攻擊他的另有其人呢？

他舉起手腕，錶卻下滑到手肘上。他將手錶推向手腕，看了一眼。六點五十。已經超過上課時間了。不管怎樣，先回教室再說吧。

封平瀾站起身。

「唰。」

他感覺到下半身有東西掉落，接著是一陣寒冷。低頭一看，只見自己的雙腿裸露在外，制服褲子則落在腳邊。

仔細一看，他的上衣也有些凌亂，鬆垮垮地垂掛在身上，露出大半肩頸。

封平瀾震驚。「我的天啊！」

他知道紳士怪盜是個變態，但沒想到他竟然對少年也有興趣！

他偏頭感受了一下。

嗯……內褲還在，只是變得有點鬆。好像沒有特別的感覺……

或許是他想太多了，又或許是他麻木了，不管是哪一種可能，他自己都無從得知，必須由公正的第三方鑑定……

「……封平瀾！封平瀾！」

耳熟的叫喚聲從遠處響起，封平瀾認出那是墨里斯的聲音。

「我在這裡！」他高聲回應，同時朝著對方奔去，在廣場外側的轉角處看見了墨里斯魁梧的身形。「墨里斯！」

墨里斯轉頭，在看見來者時愣了一下，並沒有立刻迎上前，而是站在原地，詫異而狐疑地看著封平瀾朝他奔來。

「找到了嗎？」冬犽的聲音從不遠處傳來。片刻，雪白的身影出現，看見封平瀾時一陣錯愕。「這位是？」

墨里斯搖了搖頭，表示自己也相當困惑。

「我被襲擊了！」封平瀾提著衣服，姿勢怪異地奔到兩人所在的位置，氣喘吁吁地解釋。「我要調查紳士怪盜的事來社團大樓，但沒想到被偷襲……」

奇怪，這麼短的距離為什麼他跑得這麼累……

「你？紳士怪盜？」

封平瀾站直身子以後，赫然發現自己的高度竟然只到冬犽和墨里斯的大腿，他必須抬頭才能看見對方的臉。

「小朋友。」冬犽蹲下身，和封平瀾高度齊平，溫柔地開口，「我們正在找一個高中生，黑頭髮，外表看起來有點憨憨蠢蠢的，名字叫封平瀾，請問你有看見他嗎？」

「……呃，我就是啊……」為什麼要叫他小朋友？為什麼好像一副不認識他的樣子？

「你們也中了紳士怪盜的咒語嗎？」

「少胡說八道了！不要作弄大人！」墨里斯低吼。

冬犽看著封平瀾，眼睛望著他的頸子，看見那黝黑晶亮的黑曜石墜鍊。

「噢，不……」他伸手握住封平瀾的手，低吟了一聲咒語。

封平瀾的手上泛起了銀白色的符紋，那是他們之間的契約之印。

墨里斯看見契印時瞪大了眼，一臉不可置信。

「他的確是封平瀾……」冬犽苦惱地認清現實。

「呃，我一直都是啊！為什麼你們剛才好像認不出我的樣子！」

墨里斯挑眉，「你沒照鏡子嗎？」

「沒耶？我臉上有髒東西嗎？」封平瀾摸了摸臉。

冬犽輕嘆了聲，伸手指了指社團大樓。

封平瀾轉頭，看向陰暗的社團大樓正面的玻璃門。門後，站著一個衣衫不整的男童。

「那裡有個小孩——」封平瀾舉手指向玻璃門，發現門後的男孩也舉起了手，指向自己。「呃？」

好像不對勁！

這個小孩看起來有點眼熟……

封平瀾面向玻璃門，對著男孩揮揮手，男孩也對他揮手；他對著男孩扮鬼臉，男孩也做出了扮鬼臉的動作；他嘟起嘴，手指裝可愛地點著臉頰，男孩也做出了一樣的動作。

墨里斯撫額，長嘆了一聲。

封平瀾瞪大了眼，終於發現了驚人的事實。「那個小正太……是我！」

「你的觀察力真敏銳啊！」墨里斯沒好氣地嘲諷。

「怎麼會這樣？」

「這是我們要問你的！」

「我不知道耶。」封平瀾抓了抓頭，看著玻璃上自己的倒影。「沒想到我小時候還頗可愛的嘛，嘿嘿……」

墨里斯和冬犽互看了一眼，同時無奈地嘆了聲。

「我們最好通知一下殷肅霜。你回去告訴其他人這個狀況，但別張揚，要是大家一起離開教室的話，其他人會察覺有異。」冬犽對著墨里斯交代，「我帶他去醫療中心奎薩爾辦公室，那裡人較少。」

墨里斯點點頭，轉身朝著教學大樓離去。

冬犽轉過身，看著幼童版的封平瀾，微笑著輕嘆了聲。他拎起封平瀾的背包，幫封平瀾整理凌亂的衣服，然後脫下自己的外套，裹在封平瀾的肩頭。

「謝謝耶，冬犽。」

「不會。」冬犽向封平瀾伸出手，「我們走吧。」

「喔。」封平瀾伸手牽住冬犽的手。

「不對。」冬犽將手穿過封平瀾的腋下，將他抱起，「這樣才對。」

「喔喔！」封平瀾不太好意思地嘿嘿傻笑，「好像小孩子喔。」

冬犽笑了笑，輕輕喚起旋風，踏著風，翔空前往醫療中心。

封平瀾窩在冬犽的懷裡，任由對方抱著他移動。沉默了片刻，忽地開口，「冬犽。」

「嗯？」

「我憨憨蠢蠢的嗎？」

冬犽微微僵了一下，接著漾起了溫柔的燦笑，「要不要吃冰淇淋？」

Chapter5

面對勁敵的挑釁，最好的回應方式不是挑釁，而是挑逗，瞬間便能化干戈爲玉帛

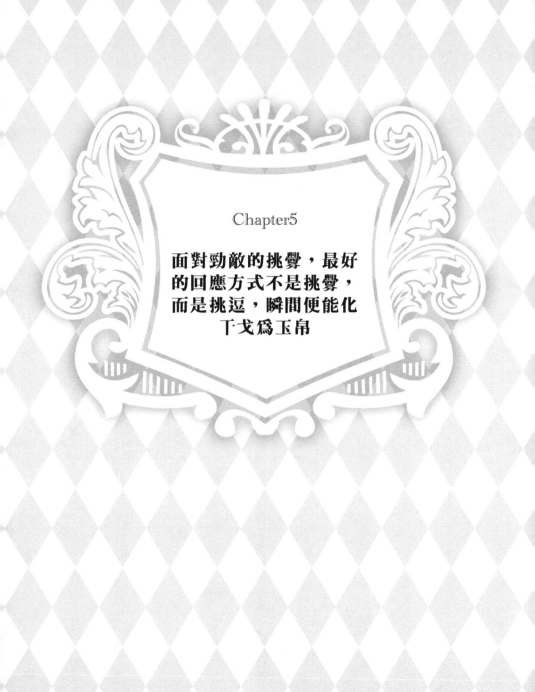

冬犽帶著封平瀾抵達醫療大樓辦公室，把封平瀾放在診療床上。才一轉身，身後的影子便扭曲晃動，出現水波一般的漣漪，接著從漣漪中央立起一道頎長冷峻的人影。

冬犽淺笑，「動作真快。」看來是一接到墨里斯的通知便立即影遁過來。

奎薩爾轉頭，望向床上的封平瀾一眼。

封平瀾笑著對他揮揮手，懸在床邊的兩條小短腿晃呀晃的，彷佛一點也不為自己的變化著急。

「……誰做的？」奎薩爾漠然開口。

「紳士怪盜，應該啦。」封平瀾抓了抓頭，「我以為找到了紳士怪盜的線索，放學後想去調查，結果好像被人襲擊，醒來之後就變這樣了。」

「應該？好像？」冬犽不解，「你似乎不太確定？」

「喔，因為我只記得我走到社團大樓前，然後記憶就中斷了。」他從口袋中掏出追蹤咒儀，「和紳士怪盜有關的詩集還在，咒儀也沒被拿走，所以或許攻擊我的人不是紳士怪盜。而且學校戒備森嚴，外人難以隨便進出。」

冬犽看著咒儀，「若不是他，還有誰會襲擊你？」

「不曉得。」封平瀾腦中閃過了傑拉德的身影。

冬犽似乎也想到了同一個人，臉色嚴肅，「或許是那些名正言順進入校內的校外訪客……」

雖然柳浥晨陪著傑拉德，但傑拉德是否中途脫離，或者是他的同夥做的，無從得知。

門扉開啟。殷肅霜步入屋中。

「晚安，班導。」封平瀾揮了揮手。

看見坐在床邊的封平瀾時，殷肅霜愣愣，接著欲言又止了一陣，似乎是想訓斥，但才起了個音，便自知多說無用，嘆了口氣，便省去斥責，直切問題重心。

「怎麼回事？」

封平瀾把整個經過向殷肅霜重述了一遍。殷肅霜越聽，眉頭蹙得越深。

聽完敘述後，殷肅霜沉默了許久才開口。

「你們接了紳士怪盜的案子？」

「啊？」封平瀾有點錯愕，他沒想到班導在意的是這點。「對啊，班導你說過D級任務可以自己接，只要報備一聲就好。」

「……你和我說你們要去抓變態，沒說那個變態是紳士怪盜……」殷肅霜陰沉地開口。

「喔。」封平瀾抓了抓頭，「我以為那不是很重要，畢竟他只是個小角色。」

「況且，這也未必是紳士怪盜做的。」冬犽出面緩頰，「姐妹校的學生，有些並不是那麼友善。」

殷肅霜彎腰看著封平瀾，伸手摸了摸對方的臉，然後捏了捏對方的手腕。確定這不是幻象或迷咒，封平瀾確實變成幼童。

變身咒語，這不是一般學生能辦到的高階咒語。

不過，誰曉得呢？被派來當代表的學生，多半有著過人的能耐。連協會高階召喚師才做得出來的追蹤咒儀，他的學生都能自己手工製造了，其他影校未必不能臥虎藏龍。

殷肅霜嘆了口氣。

他倒希望是其他影校代表做的。若這是紳士怪盜所為，代表著曦舫不是又出了犯罪份子，就是整個防禦系統出了問題。不管是何者，都比起學生互整惡鬥來得嚴重……

「我請瑟諾過來檢查。」

「不需要。」奎薩爾冷然拒絕，同時，舉起手貼向封平瀾的左胸，心臟所在之處。

奎薩爾的手涼涼的，貼上皮膚的那一刻讓封平瀾忍不住打了個顫。他希望自己是好萊塢星光大道上的地磚，可以保存奎薩爾的掌印。

想著想著，封平瀾忍不住勾起嘿嘿傻笑。

看著封平瀾的笑臉，奎薩爾知道對方必定又在胡思亂想。他不想猜測在那個腦袋裡上演了什麼荒唐的短劇，只是專心地探索附加在封平瀾身上的咒語之鍊。

很快地，找到了那道嶄新的系絲網結，他的影子揪住那咒語，用力扯下。

封平瀾的身軀泛起一陣顏色混雜的光，像是同時打翻了好幾桶顏料。光線瞬間包裹住封平瀾。光芒中，幼小的身形向外延展、拉大，最後化成原本少年的模樣。

「哇喔！」封平瀾喘了口氣。咒語被解開的感覺很奇怪，他整個人好像一顆被灌入空氣的氣球，皮膚上還傳來繃繃的感覺。

「奎薩爾好厲害！謝謝！」

封平瀾開心地向奎薩爾道謝，但奎薩爾沒有任何反應。

殷肅霜挑眉，看了封平瀾片刻，又看向奎薩爾。

「我不太贊同這樣的做法……」未經檢驗直接以蠻力扯開咒鍊，這樣太過粗暴魯莽。

奎薩爾瞥了殷肅霜一眼，擺明不在意對方的想法。

鐘聲響起，告知第二堂課開始。

「啊呀打鐘了！」封平瀾跳下床，拎起背包，「一起回去上課吧！」

他迫不及待地想回去和班長他們分享這奇特的經驗。啊呀，早知道剛剛應該先自拍一張，讓大家見識一下他小時候有多萌多可愛！

「等一下。」殷肅霜叫住了封平瀾，「別急著走……」

「班導不用擔心……」話還沒說完，封平瀾忽地一個踉蹌，撞倒了立柱式檯燈，並絆到了電線，撲向移動式矮櫃。

「平瀾！」冬犽驚呼。

「我沒事我沒事！」

封平瀾扶著矮櫃，穩住身子。他才站定，一陣強烈的暈眩感湧上，同時，劇烈的反胃噁心襲來。

「唔！」

封平瀾趕緊摀住嘴巴，衝向盥洗檯，開始狂嘔不止。先是未消化完的晚餐，然後是些糊狀物和胃液，最後吐出不明的灰色泥漿。

「你沒事吧？」冬犽上前，憂心地拍撫著封平瀾的背。

看著封平瀾的背影，奎薩爾淡然沉穩的臉上浮掠過一絲詫異。

「那是抗斥反應。」殷肅霜開口，「類似過敏，解咒時沒控制好所帶來的副作用。」

「我並未失手……」奎薩爾沉聲回應。

「你的確沒有。」殷肅霜看著奎薩爾，「問題在於，他是個人類。」

那樣的解咒方式，對妖魔或是少數召喚師並不成問題。但封平瀾只是個平凡人，平凡的少年，單純的人類。

奎薩爾沒有多說什麼，但看著封平瀾的紫眸中，微微閃現了愧疚的神色。

「我沒事啦……唔嘔！」封平瀾吐了一陣，抬起頭，笑著揮揮手，「放心，一下子就好了——嗯——」

「你還是在這裡休息吧。吐完了之後你會嚴重頭暈，至少持續六小時。」殷肅霜嘆了口氣，「今晚算你病假。我先去上課了。」

「喔……」封平瀾虛弱地應了聲。「班導再見。」

冬犽拿了一杯水遞給封平瀾。他漱了漱口，除去嘴中的怪味，正要把杯子遞回時，手一陣無力，杯子掉落，剩餘的水灑了自己一身。

「啊噢，溼掉了。」封平瀾看著自己的衣服，傻笑兩聲，「褲子也溼了，看起來好像失禁一樣，哈哈哈……嗯！」

封平瀾又吐了一陣，確定吐不出東西之後，冬犽把疲軟無力的封平瀾扶上診療床。

「你休息一下，我回去教室拿東西，等一下帶你回家。」

「喔好，謝謝喔，冬犽。」封平瀾躺在床上，勉強扯起笑容。

冬犽笑了笑，轉身離去。

封平瀾躺在床上，轉了轉脖子，調整姿勢，赫然發現奎薩爾還在房裡，就站在床的斜前方。

「奎薩爾你還在呀！」他嘿嘿一笑，然後不好意思地開口，「抱歉……」

奎薩爾挑眉。

他知道即使封平瀾身體不適也無法阻止那聒噪的口舌。但他沒想到，對方吐出的話語竟是道歉。

「……為何道歉？」

「我太自以為是了……」封平瀾搔了搔臉頰，垂眸低語，「我以為能幫得上忙，結果還是沒什麼用，反而中了咒語……」

奎薩爾望著封平瀾，沒開口。

封平瀾說的是事實。他向來也是這麼認為的。封平瀾只是他們為了留在人界而不得已共處的對象罷了，不添麻煩已是萬幸，遑論協助，頂多在日常瑣事中偶爾派得上用場。

但聽見這話從封平瀾口中說出，讓他心底感到一陣不自在，升起一陣想反駁否定的衝動。

「到頭來，我只是個平凡的人類而已吶，哈哈哈……咳咳！」

奎薩爾望著狂咳的封平瀾，開口，「你最好安靜。」

「喔喔好的，我不出聲，免得吵到你。」封平瀾伸手，在嘴前做出了拉上拉鍊的動作。

奎薩爾蹙眉。

他不是這個意思。他要封平瀾安靜，是想讓他好好靜養休息。

明明只是件小事，但莫名地讓奎薩爾覺得非常不悅。

封平瀾沉默了一會兒，轉過頭，看見奎薩爾還站在原地。

「奎薩爾你要留在這嗎？」封平瀾眨了眨眼，「你有事要忙的話可以不用陪我，沒關係的！真的，我一個人在這裡休息就好了。」

奎薩爾的眉頭再度蹙起。陌生的情感浮現心頭。

他不知道，這種帶著些許憤怒、賭氣、懊惱的感覺該以何命名，出於何由。

因為這是奎薩爾第一次想示出好意但被拒絕。

「若是你如此希望的話……」

封平瀾感到一陣暈眩，閉上了眼睛，深呼吸了幾口氣，穩住意識和反胃感。

「你剛說了什麼嗎？奎薩爾？」

封平瀾睜眼，抬頭。床前頎長的身影消失，屋裡只剩他一人。

啊呀，真的走了耶。

封平瀾搔了搔下巴，閉上眼，縮入被中。

雖然是意料中的事，但還是難免有點失望。

他不該失望的。因為他早已習慣。

他早已習慣一個人的寧靜。他好不容易才訓練自己變得堅強勇敢的。

要是有人陪伴，他擔心自己會過度依賴，等到又變回自己一個人時，他不曉得是否能重拾過去的堅強和勇敢。

冬犽返回醫療大樓時，封平瀾已陷入夢鄉。他輕柔地將床上的人橫抱起，踏著夜色乘風歸返。

同一時間，影校教室內異術課程正要開始。

「平瀾他還好嗎？」蘇麗綰詢問墨里斯，臉上寫滿了擔憂。終紘站在一旁，淡漠地看著蘇麗綰與柳浥晨和璁瓏等人聚在一起。

他像以往一樣，影校時間一到便現身，然後逕自待在教室裡，等著蘇麗綰朝他跑來，接著他得陪著這位大小姐，百般不耐地度過這無聊的時光。

但蘇麗綰最近卻不像以往一樣，一到影校就立即來找他，留在他身邊，反而是和她的新朋友們混在一起，有時甚至連招呼也沒打，僅在眼神交會時揚起微笑。

今天封平瀾上課時沒出現，蘇麗綰急得一整節課都心不在焉，下了課立刻跑去找封平瀾的契妖詢問關切。

終紘眉頭微皺，對於這樣的轉變感到不太自在。

這不是他希望的嗎？他一直希望蘇麗綰離他遠點，希望能藉此削弱她那愚昧無知的情感。

但是真的實現了，卻不如他預想的那麼輕鬆自在……

「目前沒事。」墨里斯轉述著冬犽的描述，「他中了咒語，解開後有些不適應，今晚請假。」

「你說他變成小孩子？」伊凡顯得非常感興趣，整個人像是聽見有趣的笑話一樣，興奮地追問，「有照片嗎？可愛嗎？咒語有成功解除嗎？怎麼會身體不適？會不會只解了一半，全身都回復了十七歲但某處卻還是兒童尺寸？那樣就太悲慘了哈哈哈哈！」

「咒語很複雜，所以解開後出了點問題，總之已經沒事了，你少幸災樂禍！」墨里斯不耐煩地斥喝。

伊格爾也對伊凡搖了搖頭，露出了不贊同的表情。

「反正他沒事嘛。」伊凡撇了撇嘴。

「他在校內被紳士怪盜襲擊？」柳浥晨質疑。「外部的召喚師怎麼可能進入校園？他特地潛入追殺你們？D級任務怎麼會有報復性這麼高的危險人物？」

「不確定，封平瀾忘了整個經過。」墨里斯壓低聲音，瞥了眼坐在角落、不斷往他們所在位置觀望的傑拉德，「從現場留下的東西來看，襲擊者或許未必是紳士怪盜……上課前的空堂時間，妳一直跟在那傢伙旁邊？」

「我陪他在校內晃了二十分鐘，之後就去教務處領教室日誌，便和他分道揚鑣了。」柳浥晨皺眉，「我想說二十分鐘應該足夠讓封平瀾離開，所以……」

「確定是傑拉德幹的？」伊凡興奮地開口，「所以我們有理由光明正大地找他碴囉？」

哈，太好了，他早就看那裝模作樣的小子不順眼！

「伊凡……」

「會在公開場合看薩德侯爵作品的傢伙，本來就有問題。」伊凡哼了聲。「他一定是個變態。」

「你怎麼知道那是薩德的作品？」百嘹笑著反問。

「至少我是私下看。」伊凡不以為然地哼聲，「而且我是妖魔，不是人類，不算。」

「這一切都還不確定，只是有嫌疑而已……」冬犽開口。

臺上的教師往柳浥晨等人所在的位置望了一眼。眾人紛紛非常有默契地坐正握筆裝認真。

「今天的課程講述就到這。由於學園祭將近，剩餘的時間讓各位自由練習。」教師的目光掃視了全場一眼，停留在姐妹校代表成員身上，「大家可以趁這個時間彼此交流切磋，但請注意基本的尊重和禮節。我和助教會在場內巡邏，希望不會看見需要被糾舉指正的不當行為。」

教師走下臺後，教室空間開始擴張，課桌椅被聚集到場地周邊，學生們各自散開行動。

柳浥晨等人本打算聚在角落繼續討論，但他們還沒移動，其他四所影校的學生便已主動迎來。

「晚上好，」柳浥晨客套地開口，「有什麼指教？」

「……他去哪了？」傑拉德開口。「那位叫封平瀾的學生？」

柳浥晨挑眉。海棠則是不客氣地嘖了聲。

「裝得挺像的。」海棠雙手環胸，「何不問問你自己呢？」

「無禮！」站在傑拉德身後的黑髮長辮少女叱聲，「別以為在外頭就能任意妄為了！」

海棠瞥了對方一眼，「干妳屁事？」

「你認識？」百嘹笑問。

「只是遠房表親。鳴海苑學園的狩野千春。」海棠看了狩野千春一眼，不耐煩地開口，「妳不是二年級了嗎？怎麼會來一年級的班級？妳被留級了？老實說我不意外。」

「才不是！我怎麼可能被留級！」千春勃然，「入班觀摩是隨意分配的！並沒有一定按照年級！」

「喔，干我屁事。」海棠冷哼。

伊凡看了看傑拉德身後的人馬，算算人數，姐妹校的所有成員都在場。

「對於之後會兵戎相見的對手而言，你們的感情挺不錯的。」伊凡冷諷。

雖然對曦舫而言，這些學生都是姐妹校的成員，都是外賓，但事實上，這四校的人和曦舫，在學園祭時都是競爭對象。

「即便是敵人，有時為了共同利益也是得合作的。這個時期，一同行動對我們較為有利。」有著白金色長捲髮的高䠷美少女開口。

她望了站在伊凡後方的伊格爾一眼，「米海爾維奇家的少爺，還在玩兄弟角色扮演的家家酒？是哪一位比較沉溺其中呢。」

伊格爾沒多說什麼。伊凡的眼神變得陰狠。

「敘舊完了嗎？」柳浥晨客套地笑了笑，「抱歉我們還有些事得處理，招待不周還請見諒。還有不少同學想盡地主之誼，與各位交流互動，我們也不便獨占貴客太久。」

幾名曦舫的學生聚了過來，對各校代表虎視眈眈，每個人都想在學園祭前探探校代表的實力。

柳浥晨對著同伴使了個眼色，一行人迅速撤離到另一旁，打算隔岸觀火。

但傑拉德的動作快了一步，他擋在柳浥晨等人之前。

「現在是練習時間。」傑拉德望著柳浥晨身後的人，「哪些是召喚師？哪些是妖魔呢？」

「抱歉，商業機密不便透露喔。」柳浥晨客套地開口。

「所以我不喜歡曦舫。人妖混雜，」傑拉德淡然地說著，伸手撫了撫手指上的銀戒，「就像是人畜共處的骯髒泥淖……」

指頭撫過時，一根銀色長尖錐出現，帶著尖刺的手掌隨即朝著站在一旁的蘇麗綰臉上扇甩而去。

沒人料到他會突然攻擊，也沒人料到他會選擇始終安靜的蘇麗綰做為攻擊對象，一時之間，眾人反應不及，只能眼看著那尖錐即將劃破蘇麗綰的臉。

血液滴落。

蘇麗綰姣好的容顏仍保持完整，只是表情轉為驚愕。

尖錐在空中被攔截，終絃以手掌硬生生地接擋下這一記攻擊。錐刺穿透了他的手臂，將雪白的長袍袖口染得嫣紅。

「終絃！」

終絃緊抓著尖錐，另一隻手抽出短刃，朝著傑拉德砍去。

傑拉德旋轉帶刺的手，錐刃縮回，逃脫箝制。他向後一退，躲過了終絃的刀刃。

「你還好嗎……」蘇麗綰向前關切，她捧起終絃受傷的手，但被終絃一把抽回。

「我不需要同情，」終絃冷著臉，低沉警告，「若是真的關心我的話就努力讓自己變強。」

蘇麗綰低下了頭，接著抬頭轉向傑拉德，做出了攻擊的預備動作。

但百嘹一個跨步擋在她面前。

「沒想到憂鬱的王子殿下竟有這麼惡劣的一面。」百嘹笑了笑，「我來陪你玩玩吧，你的契妖呢？」

除了曦舫召喚師的契妖，他發現其他影校代表的契妖始終沒出現。

傑拉德看了百嘹一眼。

這個人和他有類似的氣味。

惡德的氣息，以及刻意偽裝隱藏的悖逆……

百嘹正側頭，笑著等待答案。

傑拉德討厭那個笑容。

他想扯碎那張玩世不恭的笑臉，看看他哭泣求饒會是什麼樣的容顏。

傑拉德甩手，尖錐收回到戒指之中。

「這就是文明人和野蠻人的不同。」他邊說邊將手腕上的皮環解開，「文明人只有在需要使用時，才會拿出工具。」

他甩動皮繩，上頭的金屬鉚釘互相撞擊，有如打火石一般擦出黑藍相間的火花。

火花爆燃，變成靛藍巨燄，一個身影自燄中現身。

那是一名紅髮女子，雪白勻稱的身軀套著黑色皮帶交叉綑成的束具，雙手被皮環固定在腰後，頸上掛著帶刺的項圈，眼睛上戴著黑色皮眼罩，紅豔的唇間嵌著一枚口銜球。

傑拉德的契妖現身，所有的人都為之震愕。這充滿暗示與禁制的裝扮，令不少學生咋舌觀看。

柳浥晨皺眉，「你的品味真的很糟糕。」

傑拉德不以為意，彈指，束縛住契妖的手環和口銜應聲鬆開。

「眼罩不拿下嗎？」百噂好心提醒。

「沒這必要。」傑拉德看了百噂身後的同伴一眼，「哪一個是你的契妖，叫他上場吧。」

「呵呵呵，你搞錯了唷。」百噂燦笑，眼眸閃起金色的妖異光芒，「我才是契妖。」

傑拉德挑眉，似乎有些訝異，但並未因此動搖。

「至於我的主子……」百噂轉身，搭上了柳浥晨的肩，「是她。」

柳浥晨略微錯愕。

百噂對她眨了眨眼。她立即會意，接著傲然望向傑拉德。

「下令吧，女王陛下。」百噂對著柳浥晨的耳邊吹了口氣，「妳希望我怎麼做呢？」

「首先，把你的手放下。」柳浥晨冷冷下令。

百噂乖乖地舉起手，退開一步。

「然後，把那寡廉鮮恥的妖女解決掉，好好修理那個面癱變態。」

「遵命，大人。」

百噂走向前，甩手，帶著細刺的長鞭出現手中。

「轡勒禮，動手。」傑拉德同時下令。

紅髮女妖張手，布滿荊棘的古銅色長槍出現，她反手一揮，朝著百嘹刺去。

百嘹一躍而起，輕鬆躲開，但長槍上的荊棘向空中立起，捆住了他的腳，將他扯回地面。

百嘹揮鞭打斷了荊棘，落地後立即旋身，分毫不差地躲開了猛力刺來的長槍。

「妳叫繆勒禮？」百嘹燦笑著詢問，雖然對方看不見自己的笑容，「以頭頸枷做為名字，挺有意思的。」

繆勒禮不答，繼續攻擊，就像是高效能的機器一樣。

「這身外衣，是妳自己的嗜好，還是妳主子的要求？」

百嘹邊閃躲，邊柔聲詢問。

「妳的眼眸是什麼顏色？」他繞到繆勒禮的身旁，「我來猜猜。妳的紅髮像醇酒一樣深沉濃郁，妳能操控荊棘……」

繆勒禮轉身，重擊百嘹原本所在的位置。

「妳讓我想到了玫瑰。」百嘹化成一陣金霧，消失。再次出現時，是在繆勒禮背後，「玫瑰若有眼眸，那該是什麼樣的顏色呢？是血一樣的闇紅？還是彩晶一樣的粉色？」

「不要搭訕別人的契妖。」柳浥晨在場外揚聲提醒。她很高興地看見，傑拉德的表情越來越難看。

「都不是的話，難道是湖泊一般的翠綠？」

轡勒禮的動作微微停頓了一下。只有一瞬間，不到半秒鐘的時間，但百嘹發現了。

「我猜對了？」百嘹笑著繞到對方身後，「所以，妳要給我什麼獎品？」

轡勒禮回頭，「你……」

傑拉德臉色陰沉，他向前一步，低吟了聲咒語。

一記無形的衝波襲向轡勒禮，將她打倒在地。轡勒禮悶哼了聲，沒有發出其他聲音。

下一刻，她身上的束具像是有生命一般，自行收緊，緊緊地勒入肌膚之中，雙手上的扣環像是有磁性一般，將手拉往後方並扣上。銜球也出現在嘴中，禁制了她的口。

傑拉德彈指，轡勒禮的身子被藍色的火燄包圍，接著消失。

「今天的交流令我獲益良多。」傑拉德看向柳浥晨及百嘹，臉上已回復了平時的淡然。

「我很期待學園祭的試煉。」

「彼此彼此。」柳浥晨客套假笑。

傑拉德和他的夥伴退到一旁。原本有些人想和姐妹校同學過招，看了方才的對打後紛紛退卻。

「那幾個召喚師全都把契妖封在結界裡？」墨里斯皺眉，「只不過是個學園祭，有必要這麼神祕嗎？」

雖然曦舫的學生也有不少人平時把契妖藏在結界中，但那些結界都是契妖自己張起的私人空間，且在影校時契妖可以直接現身，不用躲藏。沒有人像傑拉德一樣，直接用人類的咒語將之禁錮。

那就像是，被收納起來的工具……

「不是為了隱藏實力才把契妖封起。」柳浥晨解釋，「就像傑拉德剛才說的，只有在必要使用時，他們才會召出契妖。」

墨里斯等人露出了詫然的神色。

「你們不知道喔？」伊凡有點訝異。

「我們的主子向來是狀況外。」百嘹淺笑。

眾人了然於心。

「曦舫對於契妖的規範最為自由。其他影校，對於契妖的行動有非常多的限制。契妖是他們的祕密武器，他們可不想被別人看穿自己的底細。」海棠冷哼了聲，「只有廢物才會搞這種小動作。」

「至少我們知道傑拉德那傢伙的契妖有什麼能耐了。」璁瓏開口。看起來只是個會拿槍亂戳和玩園藝的曝露狂罷了。

「她還沒發揮實力。」柳浥晨說道。

「妳怎麼知道？」

「因為他主子沒要她盡全力。」柳浥晨撇了撇嘴，「對方也不是傻子。我們和他對打的同時，對方也在觀察我們。不過，」她揚起嘴角，「我們整手都是王牌，被看穿了一張也無所謂。」

跫音在廊間迴蕩。自上而下，由遠而近，傳入位於地下的隱室之中，通告著室中人有客蒞臨。

門開，風灌入房中，先是帶來一陣藥草味，接著陰沉清癯的人影朝著櫃檯長桌走來。

趴在桌上玩老舊的掌上遊戲機的蜃煬抬起頭，看見來者便揚起笑容。

「晚上好呀！」蜃煬把手抵在眉上，向殷肅霜身後望了望，「今天只有你一個人？小朋友們沒來嗎？」

殷肅霜單刀直入，沉聲質問，「你讓他們接了紳士怪盜的任務？」

「是啊。」蜃煬挑眉，一臉不解，「D級任務，獎金又高，很吸引人呀。」

「那個案子有太多疑點未釐清，」殷肅霜語帶指責，「那些疑點可能暗藏著某些危險的祕密。」

「只是抓個變態而已，哪有那麼嚴重？」蜃煬不以為然地揮了揮手，「我可是按照協會規定的分類守則去做任務歸檔的喔。不涉及重大人員傷亡、無關環境毀壞，不影響既有社會體制，不涉及上古神祇與祕傳咒具，加上嫌犯本身犯罪年齡在五年以下，無跨國犯案，死傷人數未達七人。怎麼看都符合D級任務的標準呀。」

殷肅霜盯著蜃煬，似乎仍存疑。「這案子是你推薦的？」

「我條列了好幾個D級任務讓他們選，我不可能強迫他們接任務。」蜃煬無辜地苦笑，接著像是靈光一閃般，好奇地開口，「你特地來關切這件案子，是不是他們出了什麼事？」

殷肅霜沒回答蜃煬的問題，反而道：「或許這與你那些見不得人的客戶有關……」

「你真的很有想像力。」蜃煬輕笑，繼續盯著手中的遊戲，排列著俄羅斯方塊，「協會這麼摳門，這裡的薪水又這麼低，根本不符合勞基法，我只好自己兼職賺點外快啦。」

殷肅霜一把抓住蜃煬的手，「你還在和不從者往來？」

「放心啦，只是些小角色而已。」蜃煬笑了笑，「不然你以為那些小道消息是從哪來的？總不能又要馬兒跑，又要馬兒不吃草吧。」

殷肅霜沉默了片刻，鬆開蜃煬的手。

蜃煬瞥了遊戲機一眼，「噢，你害我插錯洞了。討厭，我等那條棒子等超久的說……」

殷肅霜瞪著蜃煬，看著他聚精會神地專注在遊戲機上，沉聲低語，「你最好安分點，你已經沒有再犯錯的機會了。」

「放心放心，我很乖，協會絕對不會抓到我任何把柄的。」蜃煬笑著開口，「況且，我只是個困在籠裡的囚獸，能做什麼呢？」

被斬了翼的鷹，被拔了爪牙的虎，連困獸之鬥都無能為力吶。

殷肅霜沉默片刻，輕嘆了聲，「不要再辜負他人對你的期望了……」接著轉身，準備離去。

「肅霜呀。」蜃煬似笑非笑的聲音從殷肅霜的身後傳來，「你在意的是宗蜃，還是眩煬，還是我這個什麼都是、也什麼都不是的蜃煬呢？」

殷肅霜的腳步停頓了一下，但沒有回應，逕自啟步離去。

蜃煬尖笑了幾聲，在殷肅霜遠離之後，放下手中的遊戲機，接著隨手撥開桌面上的雜物，拿起一只放大版的螢光橘色老式黑金鋼手機塑膠玩具。

玩具手機的螢幕是用貼紙做成，正中央顯示出繁複的符紋，一道道符紋自左而右地移動，速度相當快。

蜃煬沒好氣地伸手壓上貼紙，低誦了聲咒語，符紋停止流動。接著他將玩具手機放到耳邊。

「喂？抱歉讓你久等啦！」

對方回應了一句，聽起來似乎有些焦躁。

「我也不是故意的啊，剛才有訪客咩。而且你這麼久沒聯絡，我沒把這東西扔掉就不錯了好嗎！」蜃煬語調不耐煩地回應，但他的臉是笑著的。

話筒另一端提出了質問。

「我怎麼知道？賞金獵人自己要選這個任務的，我哪能強迫啊。反正你沒事就好了嘛。」

對方劈里啪啦地說了一大串抱怨。

「喔？是喔！真巧……噢不，真不巧耶。」蜃煬語氣惋惜，但他幾乎要壓著嘴才能勉強自己不笑出來。「那怎麼辦呢？」

對方回應了一句。

蜃煬愣了愣，「什麼？你說你做了什麼？」接著他忍不住爆笑出聲，「哈哈哈哈哈！算你厲害！真可惜我看不到。嗯？我哪知道，我只是個櫃檯小妹，哪認識所有的召喚師。」

對方訕笑一聲，接著再度丟出問題。

「我不知道耶，可能有，可能沒有，電話裡面說不清楚。如果你真的很好奇的話，乾脆直接來一趟算了，我很樂意提供你深入諮詢喔。」蜃煬的嘴角勾起了別有所圖的笑容。

彼方的人遲疑，沉默了片刻，拒絕。

「不要？你傲嬌什麼。都已經三年沒見了說。」蜃煬輕嘆了聲，「那我可以叫外送嗎？我要兩杯焦糖瑪奇朵，還要一份列日鬆餅——」

訊息中止。

貼紙上的符紋消失，變回原本的數字和標示。

蜃煬笑了笑，將玩具手機隨手扔到一旁。

戒心挺重的吶。

沒關係。他相信，最終總是會見到面的。

只是到時候場面可能就不是很好看了唷！

夜盡日出。新的一日開始。

一如往常，契妖們盥洗後下樓，吃著冬犽準備的餐點。

總是準時下樓的封平瀾，快到出門時間都遲遲未出現。

「封平瀾呢？」璁瓏瞥了正在吃微波食品的海棠，「連他都下來了。」

海棠瞪了璁瓏一眼，撇過頭，繼續吃自己的炒飯。

「我沒去打擾他……」冬犽擔憂地開口，「他可能還沒痊癒，我想讓他多休息一會兒，如果狀況還是不好的話——」

「砰！」

一陣摔門聲從樓上傳來。

眾人抬頭向上望。

接著是開廁所門的聲音，門把被用力地扭轉，發出陣陣金屬摩擦聲，接著是門板被重擊的聲響。

隨即是重重的步伐，一路用力踩著樓梯，來到餐廳。

然後是封平瀾出現。

眾人不由愣愣。

他沒繫領帶，衣服下襬垂在褲外。總是梳順的頭髮，此時向上亂翹，以水和髮膠抓成一叢叢的狂野髮型。

差異最大的是那張臉。

總是憨笑著、漾著陽光的容顏，此時皺著眉，嘴角下垂，眼神凶惡，表情臭到彷彿全世界的人都向他借錢不還。

眾人愣愣，看著封平瀾踱向桌邊，把扁扁的書包隨手丟到空位上，坐下，蹺起腳。

這是……幻覺嗎？

「平、平瀾？」

封平瀾不理，拿起桌面上的吐司，然後用力地翻了翻白眼。

「又是這個……」他碎碎唸了聲，不耐煩地咬了口吐司，然後望向海棠面前的炒飯一眼，打量了片刻，最後扯了扯嘴角，轉過頭繼續啃自己的吐司。

眾人微微一震。

一股有點熟悉又有點陌生的情感自心底油然而生。

這是……什麼感覺？

「平瀾，你是不是不舒服？」冬犽再次開口關切，「還好嗎？」

封平瀾依舊不回應，嘴裡嘖了聲。

「他媽的別人和你講話是不會回應嗎！」墨里斯看不下去，怒吼。

封平瀾斜眼看了墨里斯一眼，啐了聲，「吵死了……」

「這傢伙是不是病啦？」璁瓏偏頭看了看封平瀾，又看了看海棠，「惹人厭會傳染嗎？」

海棠用力放下湯匙，「你有意見？」

封平瀾再度翻了翻白眼，將吐司塞入嘴中，起身，什麼話也沒說就要步出飯廳。

冬犽跟著起身，「是昨天的咒語讓你心情不好嗎？」

封平瀾仍然不理會，把冬犽拋在腦後。

「回話。」始終沉默著笑看整個過程的百嘹，微笑著下令，「什麼都不說，我們只好用自己的方式找出答案囉，呵呵呵……」

封平瀾看向百嘹，眼底閃過畏懼之色，接著悻悻然地開口，「沒事。我早上會有起床氣，心情不好……」

「但你之前並不會這樣。」冬犽擔憂。

「這又不是我能控制的！」封平瀾回嘴，瞪了眾人一眼，「總之，不用管我。」語畢，臭著臉快步離開飯廳，片刻，傳來大門被甩上的聲響。

「那是咒語的後遺症嗎？」璁瓏嘖嘖稱奇，然後看向海棠，「感覺像是你的雙胞胎兄弟。」

海棠哼了聲，「說不定是他終於無法忍受了。」

「他都能和你做朋友了，還有什麼無法忍受的？」墨里斯回應。

「我昨晚聽見他起床嘔吐了好幾次。那聽起來可不好過。」海棠哼了聲，「說不定這就是壓垮他忍耐極限的引爆點，累積已久的不滿和怒氣就此爆發。」

「誰像你一樣小心眼啊！」璁瓏反駁。

「我可從沒摔過門或抱怨過餐點！那傢伙剛才的樣子比我還叛逆！」

「原來你還是有自知之明的嘛。」百嘹輕笑。

眾妖互看了一眼。

他們沒想過，封平瀾會生氣。總覺得，封平瀾的臉上就是得掛著笑臉，說著荒謬又天馬行空的言論，做著瘋癲胡來的行為。

總覺得，封平瀾就是該那樣，像是太陽一樣，隨時有著充沛又樂觀的正能量。

他們差點忘了，封平瀾也是一般人。

「不過是個人類，耍什麼脾氣……」墨里斯皺眉。

海棠挑眉，「他是你們的契約主吧？」

眾妖不語。

雖然不在意，但心情莫名因此而悶悶的，有種難言的不快。

Chapter6

每個成人體內都有個長不大的屁孩，每個屁孩體內都有個長不大的腦

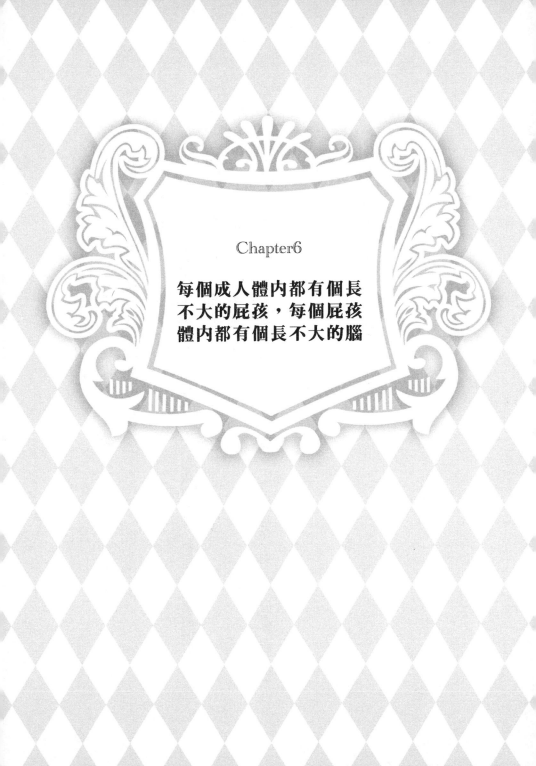

到達學校後，他們發現封平瀾還沒出現。

契妖們開始擔憂，但經過昨天的事件之後，妖魔們各自在封平瀾身上加了防禦和警報咒語，而那些咒語都沒有動靜，顯然封平瀾並沒出意外。

那麼，他去哪了？

直到第三節課下課，封平瀾才姍姍來遲。他的衣服依舊凌亂，但原本上揚的頭髮此時已塌下，看似被壓過。因為是下課時間，沒什麼人注意到封平瀾的異常。

「你去哪了？」冬犽不安地詢問。

「去喬點事情。」封平瀾隨口應了聲。情緒似乎已比早晨時好了一些，但還是與平常不同，帶著股桀驁感。

「你……好點了嗎？」

「還可以。」封平瀾打了個呵欠，發現傑拉德正坐在位置上看著他。他皺了皺眉，低聲詢問冬犽：「那傢伙看什麼？是想找碴嗎？」

冬犽望了傑拉德一眼，「放心，我們會保護你。」

「謝了。」封平瀾痞痞地扯了扯嘴角，海派地拍了拍冬犽的肩，「但我沒在怕。男子漢要自己面對所有找上門來的挑戰……」

冬犽看著肩上的手，有點尷尬地應了聲。

他真的不太習慣這樣的封平瀾……但至少對方心情好轉了。希望能快點復原……

第四節是音樂，班上學生移動到了音樂教室。老師先帶著學生演奏，有人唱歌，有人吹奏中音直笛，管樂隊的學生則各自吹著自己擅長的樂器。重覆了幾次之後，便分組練習。

柳浥晨和宗蜮、伊凡、封平瀾四人都是中音直笛組，四人找了個角落圍在一起練習。

「你還好嗎？」柳浥晨詢問。她從璁瓏口中得知，封平瀾似乎在解咒後還未痊癒，因此有些不太正常的反應。

「沒事啦。」封平瀾應了聲，握著直笛，企圖單手旋轉，但失敗落下。

宗蜮伸手，在空中接住了封平瀾的直笛，接著在手中俐落地轉了個圈，遞還給對方。

「唷！厲害！」封平瀾接下直笛，拍了拍宗蜮的肩，「挺屌的！」

柳浥晨挑眉，覺得有些不對勁，來不及繼續詢問，眼角餘光便發現傑拉德正朝他們走來。

「有事嗎？」柳浥晨護在封平瀾身前。

傑拉德無視柳浥晨，略過她，直接對著封平瀾開口。「昨天晚上你沒來。」

封平瀾懶懶地挑眉，「干你屁事？你住海邊嗎？管這麼多。」

傑拉德詫異。不只他，柳浥晨、宗蜮和伊凡全都訝異不已。

傑拉德挑眉，審視著封平瀾。

封平瀾的態度和反應和前日截然不同。這是他的防衛反應？還是他的真性情？

有意思……

「看屁啊？」封平瀾挑釁地嗆了一句，「不是直笛組的請滾。有意見放學校外喬啦！」

柳浥晨的臉頰抽了抽。這行為模式感覺很熟悉，很像是某種長假時會出沒的特產……

傑拉德沒有太多反應，淡然地看了封平瀾一眼，轉身離開。

伊凡、宗蜮、柳浥晨盯著封平瀾，不知道該做何反應。

「你們是卡到陰喔，幹嘛擺那種臉？」封平瀾爽朗地笑了笑，拍胸保證，「放心，以後有人找麻煩的話，我會罩你們。」

三人的臉色更加複雜了幾分。

「你怎麼……」

柳浥晨正要開口，懸在一旁牆上的音樂家畫框忽地掉落，正好打在封平瀾頭上。

「靠！」封平瀾低咒了聲，撫著自己的頭悶哼。

柳浥晨轉頭瞪了傑拉德一眼。她很確定傑拉德的嘴角揚起冷笑。

「要不要去醫療中心？」伊凡關切，「我覺得你可以趁機做個深入一點的腦部檢測。」

「不用。」封平瀾摸了摸後腦勺，轉頭看向傑拉德。傑拉德全然不避諱封平瀾的視線，淡然地望著他，眼中帶著些許的挑釁與嘲諷。

封平瀾陰狠地望著傑拉德的身影，隱忍著沒發作。

接著，分組練習結束。全班學生排列整隊，一同練習。封平瀾悄悄地移動到傑拉德的身後。趁老師轉過頭，便舉起中音直笛，狠狠的往對方頭上揮下。

傑拉德跌跪在地。他沒料想到會有人敢光明正大地對他出手，因此疏於防備。

「不是很會搞小動作？臭俗辣！」封平瀾低聲嘲諷。

周遭的同學看見封平瀾的舉動，全都訝異不已。柳浥晨等人更是瞠目結舌。

「這叛逆的屁孩是從哪來的……」

老師察覺到騷動，轉過頭關切，「發生什麼事了？傑拉德怎麼坐在地上？」

「沒什麼。」封平瀾笑了笑，「只是在文化交流而已。」

語畢，居高臨下地睨了傑拉德一眼，哼了聲，步回自己的位置。

契妖們及柳浥晨等人目睹了整個過程，全都臉色凝重。

不對勁……

下課鐘一響，老師還沒宣布下課，封平瀾便從後門開溜走人。他先衝回教室拿背包，接著匆匆跑到人煙罕至的體育館後門，來到校園邊境的圍牆旁。抬頭目測了一下圍牆的高度，將手放入凹縫裡，一腳踩在牆上，試探地向上跳進了兩下，準備翻牆而出。

「還沒下課。」就在封平瀾準備使力向上攀躍時，一個聲音響起。

封平瀾回頭，只見海棠站在旁邊，雙手環胸，皺眉注視著他的行動。

「下午的課我不想上。」封平瀾也不在意，坦然承認。

「你要去哪？」

「網咖。」

海棠眉頭皺得更深，「你不覺得自己怪怪的？」

「我不覺得有問題。」封平瀾瞥了海棠一眼，「要一起來嗎？我請客。」

海棠搖了搖頭，「你讓我覺得自己變成好學生，這還不算有問題？」

「隨你。」封平瀾不以為意，「我要先走了，拜。」

「不行。」海棠彈指，「曇華。」

隱身在結界裡的曇華現身，伸手抓住正要翻牆的封平瀾。

「喂！妳幹嘛！放我下來！」

「把他舉高一點，以免被他溜了。」海棠下令。

「是的，少爺。」曇華將封平瀾高高舉起。

封平瀾面朝上，手腳懸空，不敢妄動。「可惡！有種就不要靠女人！這筆帳我記下了！」

三分鐘後，封平瀾被架送到殷肅霜的辦公室。柳浥晨等人和契妖都在場，包括奎薩爾和瑟諾，一行人顯然已經等候多時。

「這傢伙不對勁。外面沒事，裡面好像有問題。」墨里斯開口，「你和他相處三分鐘就知道我的意思。」

「我知道。」殷肅霜嘆了口氣，「我剛接到學務處來電，附近居民舉報我們學校的學生和他校學生騎機車驚擾社區安寧。」

他從桌面上推了張紙到眾人面前。那是攝影機畫面的截圖，畫面裡，封平瀾戴著瓜皮安全帽，騎著改裝過的機車，後方還載了一個叼著煙的小毛頭，身上穿著的是附近的國中制服。

「這實在是……」伊凡搖了搖頭。

「根本屁孩……」柳浥晨長嘆。

「這怎麼回事！」璁瓏顯得非常震驚，轉頭質問封平瀾，「哪來的機車？你有車竟然沒告訴我！」

「那不是重點好嗎！」

封平瀾聳聳肩，「和朋友借的。」

「朋友？」

「今早在網咖裡認識的。」

眾人一陣頭疼。

殷肅轉過頭，對著坐在角落放空恍神的瑟諾開口，「交給你了。」

瑟諾是影校的醫生，治療的是出自妖魔或咒語而產生的疑難雜症，醫的不只是人，連妖魔也是他的診療對象。

「你要讓他來幫我診療？」封平瀾瞪大了眼，「他看起來像是黑市走私器官的屠戶！」

「瑟諾的能力是業界頂尖的。」殷肅霜對墨里斯使了個眼色。

墨里斯立即移到封平瀾背後，雙手一勾，銬住對方的雙手，將封平瀾箝制固定，讓他動彈不得。

「放開我！」封平瀾死命掙扎，但徒勞無功。

瑟諾打了個呵欠，抓了抓凌亂的頭髮，走到封平瀾面前，左右看了看。

封平瀾聞到一股煙和啤酒混雜的中年大叔氣息。「你別靠近我！小心我揪兄弟來堵你！」

「放輕鬆……」瑟諾悠悠地開口，沒把封平瀾的恐嚇放在眼裡，伸出食指，緩緩抵上對方的眉心。

封平瀾盯著那根手指，不敢妄動。

瑟諾輕吟咒語，片刻，將手移開封平瀾的額前。手指離開時，豆大的藍綠色符紋隨著指間拉曳而出，有如新抽的嫩芽。符紋構成的光帶繞著封平瀾，盤旋成複雜的圓與橢圓，彼此凌空交錯重疊。

「酷！」封平瀾新奇的看著圍繞著自己的綠色光帶，眼中閃爍著光彩，「你怎麼辦到的！好強！太厲害了！」

冬犽等人不自覺得莞爾。這個反應，確實是封平瀾沒錯……

瑟諾抓了抓肚子，盯著環在封平瀾身邊的光帶，光帶在空中各自以不同的方向、速率運行轉動，有幾個環顏色均勻，但大部分的環深淺不一，斑駁而漸層。

「怎樣？」看瑟諾沉默不語，璁瓏發問，「他是不是中了什麼詛咒？得了什麼病？怎麼好像變了個人似的！」

「不是。他得的病叫叛逆期。」瑟諾搔頭，抿了抿嘴。

「啊？」

「這個咒語很奇特。看起來是妖魔的逆時變形咒，卻又有人類的痕跡在裡頭。結構雖然單純，但成分非常複雜。而且，還有防禦和修復系統。」瑟諾盯著光帶斑駁處，深色的部分正一點一點地轉淡，變成和其他部位一樣的彩度，「原本的咒語被施咒者以外的人解除，被破壞的咒語正在自行修正運行模式。」

「什麼意思？」

「原本的咒語是讓他的外觀縮小到大約七歲左右，但咒語被打亂，使他被強制拉回原本的模樣。現在咒語以反向運行，分區修補，所以內部心智年齡先開始先退化。」瑟諾看著光帶，「目前他的精神大約是中二左右。」正值叛逆期的狂飆時代。

柳浥晨等人露出了然於心的表情。

難怪會有那些屁孩等級的言行舉止啊。

「值得慶幸的是，他的記憶並未受精神逆齡而影響。」

「他還會再繼續退化嗎？」殷肅霜開口。

瑟諾點點頭。

「修正到一定程度之後，外表會再度縮小，但縮小後的精神年齡和變動的週期頻率無法確定。而且，雖然正在修復，但咒語的根基受到破壞，接下來的運行模式混沌未知，是修復完畢之後便停止，或者是有新的轉變，無法確定。」

瑟諾低吟咒語，再度伸指點上封平瀾的眉心。下一刻，所有的光帶全數被收束到指下。

墨里斯也鬆開手，放下封平瀾。

「怎麼會這樣……」蘇麗綰擔憂地呻吟了聲。

「我知道為什麼。」封平瀾盯著自己的雙手掌心，悲憤慨然地長嘆，「我一直覺得自己和一般人不一樣。我背負著與眾不同的任務，命運讓我走上這樣的道路。這是我的宿命，我無法掙脫，只能接受……」

表情雖悲憤，但整個人看起來卻相當陶醉在這悲壯感裡頭，彷彿自己是悲劇中的主角。

……果然是中二生啊。在場的人類暗忖。

「那接下來該怎麼辦？」

「只能觀察了。在下一次異變發生前，我無法看出他變動的規律。」看著封平瀾，瑟諾交代，「這陣子不要做太多激烈的事，減少生理和心理上的刺激比較保險。」

「好的！」封平瀾認真地回應，「瑟諾哥的指示我會注意。」

眾人挑眉。

瑟諾……哥？

莫名地對某人產生敬重之情，接著稱兄道弟。

……果然是中二生啊。

「嗯，大概就這樣啦。」瑟諾打了個呵欠。一次講那麼多嚴肅的話，讓他感到有點不自在。他將手伸入皺巴巴的長褲口袋裡，掏了掏，拿出壓扁的煙盒，舉到面前，叼出一根煙。

下一刻，封平瀾非常迅速自動地遞上打火機，幫瑟諾將煙點燃。

「喔，謝了。」瑟諾笑了笑。

「不會，應該的。」

眾人臉色一沉。

殷肅霜起身，直接拔下瑟諾嘴上的煙，扔到一旁放置茶葉渣的壺裡，接著轉頭瞪向封平瀾，「交出來。」

封平瀾悻悻然地交出打火機。

殷肅霜看著其他人，嚴肅交代，「現在是非常時期，這件事要是傳出去，對你們以及整個曦舫都不利。此事可大可小，鬧到協會總部的話，後果不堪設想。至少在學園祭結束以前，都不能鬆懈。小心行事，別讓外人起疑，別節外生枝。」

他望了契妖們一眼，目光在奎薩爾身上停留了久一些，但沒多說什麼，便打發眾人離開。

下午的課，封平瀾還算收斂，在眾人的注意和掩護之下，姑且沒露出破綻。早上的行為，則被解釋成對昨晚同伴被找碴一事而義憤填膺。班上的影校生接受了這個理由，出於同校情誼，其他人也幫封平瀾說話，為他的失控做掩飾。

晚上影校第一堂是殷肅霜的課，被挪來討論學園祭的慶典活動。因此傑拉德沒有入班，暫時隨另一個班級上課。

柳浥晨將影印好的劇本發下，編劇是希茉，劇情改編得不錯，但要是直接拿初稿去演的話，他們可能會被以公然猥褻的罪名拘捕。因此她將裡頭所有煽情的橋段刪去，修剪成能夠演出的程度。

不過，有些劇情無法刪去，踩在界線邊緣。但這也是賣點。她相信只要畫面處理得恰當，應該能擦邊通過。

「負責演出的同學先記一下自己的臺詞，明天開始進行排演。」

封平瀾翻了翻劇本，像發現新大陸一樣驚呼，「裡面有接吻的畫面耶！」

「對，那只是——」

「哎唷！接吻耶！而且還會做色色的事！」封平瀾發出曖昧的淺笑，「小心會懷孕喔！哈哈哈哈哈！」

柳浥晨翻了翻白眼，望向百嘹。「叫那屁孩閉嘴……」

百嘹點頭，表示配合，但沒有後續動作。

同學們針對劇本提出幾個疑問，稍作討論之後，接著進入攤位部分。

「關於班上要設什麼攤，目前尚未有共識。如果沒有意見的話，我們就不免俗地開設咖啡廳販售簡餐——」

「賣烤香腸不錯啊。」封平瀾擅自插嘴，「只要有香腸，然後擺個彈珠臺就可以了，沒有彈珠臺的話可以用骰子和空碗。很方便的！那個大人小孩都愛，而且會打上癮。」

「只賣香腸太單調了，而且單價那麼低，賺不了——」

「不然就放幾臺電腦，開網咖啊。」封平瀾再度打斷柳浥晨的話。「還可以用教室的投影機和大螢幕，直接實況轉播！超爽的！」

柳浥晨臉色變得猙獰，瞪向百嘹，「叫那中二屁孩閉嘴！」

百嘹笑了笑，轉頭湊在封平瀾耳邊低語了一句。封平瀾立刻安分，乖乖地坐在位置上，不再多話，直到下課。

「你對他說了什麼？」下課時，柳浥晨跑來找百嘹，對於百嘹的神奇魔法好奇不已。

「只是投其所好罷了。」百嘹笑了笑。

「到底是什麼？」

「我說，如果他一直安靜到放學的話，我就送他重口味的成人影片。」

「……」

接下來的課程雖然又與姐妹校的人同班，但在眾人的有意防守之下，兩方人馬並未正面接觸。加上授課老師葉珥德大概是接到了殷肅霜的通知，在自由練習時間不時地到場下巡邏，使得姐妹校的人也不敢妄動。

這一天，勉強平靜度過。

Chapter7

小時候的可愛改變不了
長大後的崩壞

次日早晨，眾人在飯廳用餐時，樓上再度傳來甩門聲。但大家已見怪不怪了。

「什麼時候才復原啊？」墨里斯皺眉。「我擔心自己會忍不住把他捏死……」

「不知道。」冬犽嘆了聲，「平瀾是受害者，別太苛責他。」

「他國中和現在差異真大。」璁瓏喝了口牛奶，說出自己的意見，「究竟是什麼原因，讓他變得這麼叛逆，又讓他變得不再叛逆？」

海棠想起封平瀾曾經說過的話。

我覺得海棠好像費盡全力地在反抗這個世界，用盡全力在世間的常理規範中逆向而行。不在乎謾罵與責備，也不在乎懲罰或受傷。其實只為了得到關注和肯定。

那時的他以為封平瀾只是個局外人，說著風涼話，恰巧切中了他的心思。

但是看到了昨日的封平瀾，他發現，那不是局外人的風涼話，是過來人的心聲。

總是燦笑著的樂天個性，曾經為了什麼理由而叛逆反抗，又是為了得到什麼人的關注與肯定呢？

逆向而行久了也會累啊……

所以，是因為累了，所以放棄叛逆、放棄抵抗？

他是怎麼看開的？怎麼轉變心境，變得如此積極向上？

海棠突然閃過一個念頭。

或許，旁人眼中的樂觀灑脫，是另一種形態的自我流放……

封平瀾臭著臉走下樓，將書包摔入椅中，憤憤然地拿起吐司，一邊碎聲咒罵，一邊啃食。有了前車之鑑，眾人視而不見，默不作聲。等封平瀾吃完之後，再半押解半哄騙地監視著封平瀾乖乖上學。

中午時分，封平瀾與契妖們照例前往位於宿舍底下的食堂用餐。同行的白理睿依舊捧著一本精裝詩集，以刻意壓低的嗓音，無病呻吟，歌詠著華美的篇章。

「我必須繼續承受我的痛苦，一直到，愛轉向我，可憐我，我的愛回來……喔！回來吧！神聖的痛苦，飽沃我，使我完全屬於妳……」

墨里斯嫌惡地開口，「不要用那種語調說話，你讓我感到痛苦。」

「你不懂，這樣放入感情的吟誦，才能打動人心。」白理睿推了推眼鏡，「剛一路走來，你沒發現回頭率比之前高嗎？」

「任何人看到珍奇異獸都會回頭多看兩眼，網路上河馬生產的影片點閱率比美少女的自拍短片高，也是一樣的理由。」璁瓏冷冷戳破白理睿的幻想，「況且別人回頭最主要的原因是百噪走在你後面。」

「喔，或許吧。」白理睿被潑冷水，有點不悅地扯了扯嘴角，但心情沒受太大影響，他開心地繼續分享心得，「但我還發現一件事，這幾天關注傑拉德的女生大為減少。」

白理睿的態度有點幸災樂禍，似乎樂見其成。

其他人沒什麼反應。因為大家都知道，傑拉德在影校召出契妖，加上他與其他姐妹校的人同夥，不少影校的女生收回了對他的好感。但仍有人覺得他深不可測，有著神祕的禁忌魅力。

「這代表著我的憂鬱文青策略成功了。」

「那些離開傑拉德的女生也沒被你吸引。」封平瀾直截打槍。「你不如直接找他單挑，不管是輸是贏，都能展現你的男子氣概和尊嚴。」

「不了，我體育不好，也怕痛。至少我們兩人的水平正在逐漸接近。」白理睿看了封平瀾一眼，「我比較佩服的是你。」

「怎樣？」

「這兩天你好像變了個人，讓我聯想到九〇年代香港黑幫影片混混。」白理睿推了推眼鏡，「雖然塑造壞男人形象、然後展現鐵漢柔情的一面，能利用反差吸引追求刺激的少女，但黑幫小子路線在高中可能不是那麼吃香。」

「我又不是為了女人才——」封平瀾話語未完，整個人便泛起微弱的藍光。

白理睿邊走邊看書，沒立即注意到封平瀾的變化，但眼角餘光捕捉到異常的光影，便抬起頭。

百喙在這千分之一秒的時間躍向前，介入封平瀾和白理睿之間，把封平瀾擋在背後，同時將手彎到後方，順勢把脫下的外套蓋在封平瀾頭上。

外套罩落，衣下的人同時變矮，縮小。冬犽伸手一撈，將封平瀾連衣帶人擁起，不動聲色地轉身，張起匿形的咒語。

百喙笑著將頭湊向白理睿，似乎突然對他手中的詩集非常感興趣。

「這是誰的詩？」

「克麗斯媞娜。」白理睿想抬起頭，越過百喙看封平瀾，「剛才是不是——？」

「繼續唸。」百喙以富有磁性的嗓音打斷他，以撩人的眼神笑著下令，「我想聽……」

「呃？」

白理睿雖然對這要求感覺莫名其妙，但不知為何，百喙的笑容和態度，讓他覺得非常有吸引力，同時令他產生一股羞怯感。

他照著要求，低頭再唸了一段，然後抬起頭，「以你的資質，如果也想走憂鬱文青路線的話，我就沒戲唱了……」

「謝謝你的讚賞。」百喙低笑，長指移向書頁，緩緩劃過頁面，來到白理睿握著書的手，輕輕躍上，在手背上畫了個圈，「我對詩歌沒興趣，但我覺得吟詩的你，非常迷人……」

白理睿的手像是被電到一般縮回。

他在心底驚叫。

天啊！還沒吸引到少女，就先被男人煞到！這不是他的目標啊！

後方的希茉悄悄地拉了拉百嘹的衣角。

百嘹收起魅笑，換上平常的笑顏，「這書也是從同好會借來的？」

「喔，不是，是圖書館。」白理睿回神，同時心裡暗暗地鬆了口氣。「同好會今天好像有會議，所以我沒進去。而且那裡有股臭味。」

「這樣呀。」百嘹點點頭，對後方的人使了個眼色，暗示撤退。

白理睿這時才發現同行者少了兩人，「封平瀾和冬犽呢？」

「封平瀾肚子痛先跑了。」璁瓏回答，「冬犽陪他去廁所。」

「這樣喔……」

「我得先離開了。」百嘹開口。

「我也是。」璁瓏附和。

「我也要走。」墨里斯接著說。

希茉跟著點點頭。

「搞什麼？怎麼突然同時離開？」

百喙轉了轉眼，丟出了個非常合理的答覆，「我們早上都吃了冬犽做的早餐。」

白理睿立即了然於心，不再多言，目送著負傷的勇者離開。

冬犽帶著封平瀾來到醫療中心，奎薩爾的辦公室。

他將封平瀾放在床上，然後掀開外套。外套底下出現一名六、七歲左右的男孩。封平瀾才一坐定，便跳下床，直衝洗手檯開始嘔吐。

奎薩爾看見封平瀾的變化，臉色凝重了幾分。

吐了一陣之後，封平瀾漱了漱口，如釋重負地走向床邊。過大的制服披在幼小的身軀上，使他舉步維艱。

他看向冬犽和奎薩爾，不好意思地抓了抓頭。「午安呀，奎薩爾，冬犽。」

冬犽察覺到封平瀾內在的轉變。「你回復了？」

封平瀾點點頭，靦腆地尷尬朗笑，「真是不好意思，被你們看到那麼中二的樣子，哈哈哈哈！」

「沒關係的。」冬犽溫柔地蹲下身，幫封平瀾將衣袖捲起，「你現在覺得怎樣？」

「有種大夢初醒的感覺，腦子變清晰，但頭還是有點暈，好像剛吃完飯就跑去坐咖啡杯，哈哈哈哈……咳！」

冬犽拍了拍封平瀾的背，攙扶他坐在床邊。

過沒多久，百嘹等人帶著殷肅霜和瑟諾趕到。

「嗨。是我！」封平瀾對著來人招招手，「那個，昨天給你們添麻煩了，不好意思啦！」

璁瓏挑眉，「你記得？」

「是啊。」封平瀾雙手摀住臉，「天啊超羞恥的……黑歷史被硬生生地挖出來重演一遍，這根本是公開處刑啊！」

「所以，你國中時是那樣？」墨里斯好奇。「差異頗大的。」

「國二以前啦。」封平瀾抓了抓頭，乾笑，不願多談，「啊呀，年少輕狂嘛，別多問了啦！」他笑著打哈哈，但眼底閃動著些許感慨，似乎對這話題有些敏感，不願多談。

瑟諾走向前，將指頭點向封平瀾眉心，再次召出光帶審視。

「看來咒語已經修復到原本的狀態了，肉體逆齡，心智不變。」

「然後呢？怎麼解除？」

「這咒語很複雜，我得研究一下，而且……」瑟諾盯著光帶，皺起了眉，「很奇怪，修補反應還在進行，我不曉得這是為什麼，也不確定之後會有什麼變動，在查明原因之前，最好別貿然行動。」

「所以要讓他維持這樣囉？」

瑟諾點點頭。

「他這樣怎麼去上課啊？」墨里斯質疑，「影校的話或許還能掰個理由蒙混，但日校總不能帶著個小鬼頭到班上吧！」

「對呀，大家搞不好會以為我是你的私生子喔！哈哈哈哈！」

墨里斯瞪了封平瀾一眼，「閉嘴！我又不是那隻臭蟲！」

「我可不會犯下這麼基本的錯誤，呵呵呵……」

瑟諾看了殷肅霜一眼，「這倒不要緊，反正你們班導會幫忙護航。」

「日校和影校的部分，我幫你開病假單，讓你請假到復原為止。」殷肅霜看了其他契妖，「但你們還是得去上課，缺席太多人會引人注目。」

「那誰來照顧他？」冬犽開口。

「我一個人沒問題的啦！」

冬犽搖頭，「我不這麼認為。」

「非學生的教職人員可以。」殷肅霜望向奎薩爾。

奎薩爾沒多說什麼，也沒拒絕。

畢竟這樣的結果是他造成，他得承擔後果。

眾人又問了瑟諾和殷肅霜幾個問題，接著和封平瀾聊了幾句，便撤退離開。

房裡只剩封平瀾和奎薩爾。

「嘿嘿嘿……」封平瀾發出詭異的笑聲，「只剩我們了耶！」

奎薩爾漠然地看著笑鬧的封平瀾，不發一語。

封平瀾低頭看了看自己的手腳，「我的腿變得好短。手變得好小。」前天剛變小時太過慌亂，而且時間短暫，他來不及好好審視變回幼童的自己。「我小時候是不是很可愛？以前我在社區裡可是出名的吉祥物喔！那些阿姨嬸嬸都說我的臉很軟，揉一揉會有治癒感。」他伸手捏了捏自己的臉，「嗯，觸感真的不錯耶，哈哈哈哈！」

奎薩爾面無表情，淡然地看著他。

為什麼還笑得出來？

為什麼不指責他……畢竟這一切都是他所造成。

「奎薩爾要不要也摸摸看啊？」封平瀾將臉側向奎薩爾，「說不定你也——唔嗯！」

反胃感再度襲來，封平瀾雙手摀住嘴，跳下床，跌了個踉蹌，差點摔倒，接著快步衝向洗手檯，踮起腳，再次嘔吐。

看著那瘦小的背影，奎薩爾的內心被扎了一下。

吐完之後，封平瀾走回床邊。

「不好意思啊，把這裡搞得好像被璁瓏搭過的車的味道，哈哈哈！」他抓了抓頭，打算爬上床，但因為身體虛弱，他蹬了幾次都攀不上。

奎薩爾看著那奮力卻徒勞無功的背影，內心糾結猶豫。

封平瀾試了幾次，正打算搬張椅子時，他感覺到自己正在往上升。

低下頭，只見地上的影子隆起，緩緩地將他提升到診療床的高度。

封平瀾驚喜地轉頭，「謝謝！」接著，跳到床上。

影子緩緩退回地面。

「不好意思耶，一直麻煩你。」封平瀾打了個呵欠，「要是我再強一點就好了。」

就算封平瀾變強，也只不過是普通人。對於妖魔而言，沒有任何助益。

但這些話奎薩爾沒說出口，他只是靜靜地看著封平瀾。

封平瀾再度打了個呵欠，「奇怪，怎麼會這麼累……」他揉揉眼睛，拍了拍臉頰，努力讓自己清醒。

「那就休息……」

「可是我不想睡。難得有和奎薩爾獨處的機會，我可不想浪費，哈哈哈……」他一陣頭暈，倒向床。「噢，討厭……」

他想爬起身，但是整個身體都在向他抗議，違背他的意志，賴在床上不願動彈。

封平瀾只好繼續躺著，側頭看向奎薩爾。

「……奎薩爾，你會待在這裡嗎？」

奎薩爾沒有回應。

封平瀾打了個呵欠，眼神迷茫，「你要去忙的話沒關係，我一個人沒問題的……」意志無法掌控睡意，他的雙眼漸漸闔起。

「……你希望我離開？」

嗯？奎薩爾說話了嗎？他說了什麼？

封平瀾想追問，但垂下的眼皮像鉛塊一樣沉重，怎麼樣也睜不開。

在意識墜入夢鄉之前，他彷彿聽見了周遭傳來了道低沉的嗓音。

「……抱歉……」

下課時，柳浥晨等人跑來醫療中心關切封平瀾，看見他幼童的模樣，眾人都覺得不可思議。

「你小時候很可愛嘛。」柳浥晨笑著開口，看著那張嫩嫩的小臉，下意識地伸手過去揉了揉。停頓了一下後，又伸出手揉了揉。像是上癮一樣，重覆著相同的動作。

「伊格爾小時候更可愛！」伊凡不服氣地開口，「而且我和伊格爾是雙胞胎，萌度加乘。」

「你們哪是雙胞胎，明明就是契妖。」璁瓏直接吐槽。「而且小時候的可愛改變不了長大後的崩壞。」

「你才崩壞！」伊凡瞥了柳浥晨一眼，「妳也捏太久了吧。」

柳浥晨頓了頓，收手，但沒幾秒又忍不住舉向那小臉。

「這真的是……欲罷不能。」

「班長迷上我了喔？」

「囉嗦！」

幾個人打鬧了一陣，對著封平瀾說了些鼓勵的話，隨即離開。

到放學前，封平瀾在校內睡了又醒，醒了又睡。

但令他高興的是，每次睜眼和闔眼，奎薩爾都在他身邊。

日校放學後，冬犽趁著空堂，帶封平瀾到賣場買了合身的童裝和食物，然後直接回住處。

「冬犽不用回去嗎？」

「我請假了。」冬犽笑了笑，「班導說只有我一個人離開的話沒關係。」

假單上，假別欄寫著：育嬰假。

殷肅霜在看見冬犽的請假單時愣了愣，但他也沒糾正，直接放行。

不曉得是不是變成孩童的原因，封平瀾很早就累了，不到九點便上床睡覺。

次日早晨六點。震耳欲聾的音樂聲響徹了整棟樓。

各種樂器組合起來的樂聲，陪襯著爽朗歡樂的歌聲，一早便把整棟樓裡的人震醒。

「搞什麼鬼！」

「什麼聲音！」

契妖們紛紛踏出房門，朝著音源步去。

「是不是又變成前天那樣了？」

「我不管那傢伙是不是在叛逆期，我要揍他！」墨里斯怒吼。

眾人來到了客廳，赫然發現變回少年體形的封平瀾，正對站在五十吋的大液晶螢幕前。

畫面上，有著畫著卡通人物的鮮豔背景，藍天白雲之下，一堆穿著衣服的動物歡樂地燦笑著。布景前，巨大的造型布偶，領著一群六、七歲的小孩，隨著音樂熱情地跳著體操，其樂融融。

「小朋友！跟著哈蜜瓜哥哥和波波熊一‧起‧做‧運‧動！當個健康的好孩子，好不好！」螢幕裡穿著鮮綠色運動服，綁著綠色頭帶的男子，以誇張的臉部表情和肢體動作，對著孩子們做出邀約。

「好！」小孩子們歡聲附和，舉起手向上跳了一下。

「好！」螢幕前的封平瀾，也跟著畫面中的小孩舉起手，跳了一下。

接著，節奏感強烈的音樂繼續播放，畫面中的男子和穿著蓬蓬裙的助手開始律動熱舞，小孩子們開心地跟著動作。封平瀾也是一臉歡喜地舞動著手腳。

「叛逆期的學生會一早起來跳體操嗎？」璁瓏不解。

「如果他的目的是激怒父母的話，這招相當成功。」墨里斯皺眉，憤憤然地走向前，拿起搖控器關掉電視。

「啊！」電視前的封平瀾發出失望的嘆聲，接著轉過頭，以過度有朝氣的音調，笑著開口，「早安！大家都好慢喔！不可以賴床，太陽公公看不到你的臉會很難過的唷！」

這又是哪招……

「你……還好嗎？」冬犽開口詢問。

「嗯！」封平瀾用力點了點頭，接著雙手扠腰，左右搖擺，「平瀾早睡早起！身體健康，元氣滿滿！」接著蹲下，起立，雙手比了個讚。

「你不是有起床氣？」璁瓏詢問。

「嗯？為什麼要生氣？」封平瀾不解，「我最喜歡早起了！早起可以早一點吃早餐！還可以提早玩玩具！」他拿起放在一旁的杯子，喝了一口。

璁瓏眼尖地發現，杯裡裝的是鮮奶。

「啊！那是我的牛奶！」

「我肚子餓了，冰箱裡都沒有東西吃。」封平瀾委屈地開口，「我可以用小魚餅乾和你交換嗎？」

「才不要！你幹嘛不吃自己的小魚餅乾啊！」

「那個不是正餐，是零食。」封平瀾頭頭是道地開口，「麵包姐姐說，不可以把零食當正餐，這樣會長不高，而且會肚子痛痛喔！瓢蟲哥哥也說過，喝牛奶才會長高高，頭好壯壯！」

璁瓏一陣惱怒，「說話就說話！不要一直用疊字！」

「叛逆期的小孩都那麼難以捉摸嗎？」

「這不是叛逆期……」海棠看著封平瀾，說出自己的推斷，「他又退化了。現在的精神年齡大概是小一或大班。」

百嘹看著封平瀾笑了笑，封平瀾也回以一笑。

「百嘹早安！」

「這個似乎比前天那個好搞一些……」

「百嘹的頭髮是黃色的，好像香蕉喔。」封平瀾天真地笑道，「我可以叫你香蕉哥哥嗎？」

百嘹挑眉，笑了笑，「不行喔。」

「那太陽花哥哥呢？」

「一樣，不行。」

大致了解情況後，眾人鬆了口氣。雖然封平瀾尚未復原，但幼齡期的小孩至少比叛逆期的中二生好相處。

而且，感覺和原版的封平瀾差不多……

一大早被吵醒，眾人各自回房。奎薩爾正要轉身離去時，忽地有人抓住了他的手。

他回頭，只見封平瀾正握著他的手燦笑著。

「奎薩爾～」

奎薩爾沒有反應，也沒抽回手。

「我今天起得很早，自己起床，比鬧鐘還早喔！」封平瀾得意地說著。

奎薩爾仍舊沒有反應，他不懂封平瀾和他說這些做什麼。

「我是不是很棒？」

奎薩爾看著那閃爍著期待的雙眸，遲疑了許久，然後，勉強又僵硬地，微微點了下頭。

封平瀾歡呼，「那，你要獎勵我呀！」

奎薩爾沒有反應，他不懂封平瀾的獎勵指的是什麼。

下一刻，封平瀾將他的手掌舉起，放到自己的頭上，然後握著他的手腕，左右搖晃了一下。

奎薩爾的手任由封平瀾引領，摸著那蓬鬆的髮絲。

「這樣子。」封平瀾停下動作，把奎薩爾的手自頭頂拿下，然後諄諄交代，「下次要記得喔！」

奎薩爾仍舊沒回應。

「我去換衣服囉！」封平瀾轉過身，咚咚咚地跑上樓。

奎薩爾看著封平瀾的背影，沉思。

他覺得，眼前的封平瀾雖然和他所認識的封平瀾相似，卻又不太一樣……

不是指智力和言行，而是一種難以言喻的感覺。

此刻的封平瀾，他的率然和天真，更加地自然真實。

平時的封平瀾也很自然真實，只是兩者相較之下，他才察覺到有種說不出的微妙差異。

奎薩爾甩開思緒。對於計較聚焦在這點小事上的自己，感到不以為然。

封平瀾很早就換完衣服，坐在飯廳的位置上，興奮地等待。

冬犽將擺著吐司的盤子放到封平瀾面前，然後放了杯牛奶在旁邊。

「那是我的牛奶！」璁瓏抗議。

「他喜歡牛奶，分他一杯不會怎樣。」

「喔，我不喜歡牛奶。」封平瀾老實承認，「但是麵包姐姐和瓢蟲哥哥說小朋友要多喝牛奶。我很聽話，所以才憋著氣喝掉的！」

「那什麼麵包蟲姐姐根本在妖言惑眾！」璁瓏勃然，對於自己的牛奶被喝而且被批評感到不悅。

「是麵包姐姐啦！」封平瀾糾正，接著低下頭，看著面前那冷冰冰的吐司，苦惱地嘟起嘴。「只有這個嗎？」

「你想吃什麼？」冬犽柔聲詢問。

「我可以加一個荷包蛋嗎？」封平瀾小聲地提出要求，「上面要畫笑臉，就像太陽公公那樣。」

「當然可以。」冬犽笑了笑，起身，「我記得家裡有蛋。只是荷包蛋的話應該沒問題……」

「耶！太好了！謝謝冬犽！」

璁瓏、墨里斯、希茉和百嘹同時變臉。

在冬犽要走向廚房前，海棠搶先一步伸手擋住對方的去路。

「我來。」

「但是……」冬犽不確定地看著海棠。

「放心，交給海棠少爺吧。」曇華出聲幫海棠背書，「他的家政是唯一高分通過不用補考的科目。」

「曇華，別多嘴！」海棠低斥了聲，走向廚房。

趁著冬犽還沒回位，墨里斯壓低聲音，沉聲提醒，「……麵包蟲姐姐沒教你小朋友不能自殺嗎？」

「是麵包姐姐啦！」封平瀾沒好氣地糾正。

不到五分鐘，海棠端出圓盤，盤上躺著個形狀、色澤皆完美到無可挑剔的荷包蛋，放到封平瀾面前。

「謝謝海棠！」封平瀾開心看著荷包蛋，接著望向海棠，期待的開口，「什麼時候會畫上笑臉呢？」

眾人看了看荷包蛋，又看了看海棠，嘖嘖稱奇。

「家裡沒有蕃茄醬。」

「噢。」封平瀾惋惜地嘆了聲，「可是我想要笑臉，吃了畫上笑臉的荷包蛋，才會得到太陽公公的元氣，才會有精神！」

璁瓏皺眉，「他又在胡說八道什麼？」

「幼兒節目的內容。」海棠解釋。

「你們人類都用謊言教育小孩嗎？」墨里斯搖頭。

海棠發出冷笑，「被虛幻的謊言圍繞，總比被迫面對殘酷的現實幸福。」接著他轉過身，走向自己的房間，片刻，拿了罐東西折返。

「那什麼？」

「我只有烤肉醬。」海棠扭開瓶蓋，拿起醬刷，沾了沾褐色的醬料，然後在蛋黃上刷了幾筆。

筆畫乾裂斷續，而且刷具太粗，蛋黃上的人臉有著空洞而扭曲的黝黑雙眼，以及歪斜像在慘叫的嘴。

璁瓏看了荷包蛋一眼，「我好像在美術課裡看過類似的東西。」

「是……莫內的《吶喊》……」希茉小聲地開口。

海棠瞪了妖魔一眼。

相較於眾妖的反應，封平瀾顯得相當愉快。

「耶耶！有笑臉了！」封平瀾開心地拍手，「哇哈哈！好像老公公喔！」他舉起盤子，把蛋移到吐司上，然後夾起，哼著早上跳體操時的音樂，一口一口地把早餐吃光。

看著這樣的封平瀾，眾人們心裡再度浮起憂慮。

雖然此時的封平瀾容易捉摸也容易相處，但是比原本的封平瀾更單純，更沒有防禦自保的能力。

試煉近在眼前，他有辦法即時復原嗎？

由於被迫早起，眾人便提早前往學校。冬犽、璁瓏和希茉三人陪著封平瀾一起搭公車。早班的公車較為空曠，封平瀾坐下之後沒多久，便開始在車廂內到處移動。先是連按了好幾次下車鈴，然後企圖把緊急擊破車窗的小鎚子拿下來玩，接著是抓著握把吊單槓。

「你看！引體向上！」封平瀾雙手抓著握環，雙腳舉起，與身軀呈直角。

車內乘客頻頻側目。

冬犽趕緊制止，將他拉下，但坐定後沒多久，封平瀾又開始不安於室，把公車的坐墊掀起。

「喂！放回去！」璁瓏斥喝。

「啊。」封平瀾驚喜地看著坐墊底下的空間，「冬犽你看！有好多東西喔！」

「別這——」冬犽目睹到坐墊下塞著的垃圾和塵垢時，溫柔的臉瞬間僵化，濃烈的殺氣迸射。

璁瓏和希茉震懾，下意識地向後退開。

只有封平瀾狀況外，盯著那堆垃圾驚喜地開口，「蟑螂爸爸和蟑螂媽媽帶著小寶寶們出來玩了耶！不曉得牠們要去哪裡！」

「牠們要去掃墓……」冬犽的聲音低沉，旋風在他周遭隱隱颳起。「掃牠們自己的墓。」

銳利的風掃向椅墊下，擊中了一隻蟑螂，其他存活的蟑螂感覺到危機，使出了逃命時的隱藏技，開始振翅高飛，在車廂內四處飛舞逃竄。

車內乘客開始驚叫騷動。

冬犽的表情更加陰狠了幾分，宛如修羅。

希茉火速按下下車鈴，但尚未到站，因此司機並沒有停車。她輕吟了聲，聲波傳導到司機耳中，讓他無意識地照著指令，立刻讓公車向路邊停靠，開門。

璁瓏則拉住封平瀾和冬犽，往車下奔出。將混亂留在車上，匆匆逃離現場。

「還沒到學校耶。」封平瀾看了看周遭。

「剩一點路，直接走過去吧。」璁瓏無力地開口。

「好！我最喜歡走路了！」

封平瀾開心地左手牽著冬犽，右手牽著希茉，邊唱邊跳向前走。

冬犽、希茉和璁瓏在心裡鬆了口氣。

明明一天才剛開始，為什麼他們覺得有點累了……

抵達學校以後，冬犽等人直接帶著封平瀾前往殷肅霜的辦公室。

「他又變化了。」冬犽解釋，「現在精神年齡大約七歲。」

殷肅霜嘆了口氣，「我請瑟諾來看看……」他撥了通電話到瑟諾的辦公室，響了很久才接通。

殷肅霜在通話時，封平瀾不安分地在屋裡打轉，看著櫃子架上的瓶瓶罐罐，眼睛閃爍著新奇的光芒，彷彿置身於巨大的玩具箱之中。

他看著櫃上的玻璃瓶，伸手去拿，但被璁瓏擋下。接著又看中了一個貼著符咒的竹甕，想要伸手去摸，但被希茉推開。他想爬到會客沙發的椅背上緣，但被冬犽拉下。類似的動作，短短三分鐘內重複上演了八次。

殷肅霜掛上電話，「瑟諾大概十分鐘後會到。」他看著契妖一眼，發現他們臉上都掛著疲憊。

「我好無聊喔。」封平瀾坐在椅子上，雙腳晃來晃去。

殷肅霜瞥了封平瀾一眼，「你想做什麼？」

「我想玩遊戲！」

「尋寶遊戲如何？」

「好啊！」

殷肅霜從抽屜裡抽出張紙，然後拿了枝筆，遞給封平瀾。

封平瀾看了看白紙，「這什麼?我現在不想畫畫。」

「這是藏寶圖。」殷肅霜指了指筆，「這是帶有魔法的筆，要透過它，才能讓隱藏起來的藏寶圖顯現。」

「是喔！」封平瀾拿起筆，在紙上畫了畫，但是畫了半天紙面上還是一片空白。「怎麼什麼都沒有？」

「因為那是魔法筆，當然沒那麼容易就讓你破解。」殷肅霜理所當然地開口，「你要找到對的方式去畫那張紙，把紙擺到正確的位置和角度，圖案才會出現。」

「喔！好！」封平瀾認真地盯著紙面，嘗試著把紙擺成各種角度，然後從紙面上的各個位置下筆，又試了好幾種握筆方式。

看著封平瀾安靜地坐在角落，聚精會神地在空白的紙上畫著空白的塗鴉，不再吵鬧。

璁瓏、希茉和冬犽瞪大了眼。

「你是怎麼辦到的？」冬犽吃驚不已。

殷肅霜冷笑了聲，「別忘了，我可是擁有合格教師證的老師。」唬騙小孩是老師的基本技能。

過沒多久，瑟諾出現。他穿著棉運動裝，腳踩著拖鞋，頭髮凌亂不已，一副剛睡醒的樣子。瑟諾住在學校職員宿舍裡，辦公室就在他的房間旁邊，不過兩者沒什麼區別，他有時會直接睡在辦公室，睡到打卡時間起來打卡，然後躺回去繼續睡。

「你剛醒？」

「放心，我有刷牙……」瑟諾打了個呵欠，看向封平瀾，「他拿著斷水的筆在做什麼？」

殷肅霜瞪了瑟諾一眼。

「這是魔法筆啦！」封平瀾抬頭說明。「可以召喚出藏寶圖喔！」

「喔？」瑟諾點點頭，望向殷肅霜，「你什麼時候有那麼神奇的東西？」

「你是認真的嗎？」殷肅霜沒好氣地哼了聲，「他的精神年齡又變小了。現在大概是七歲。」

「這昨天不是就預告過了……」瑟諾抓了抓冒出鬍髭的下巴，「不過變化的速度倒是比我預測得快了些。」

「所以，還沒找到解決方法？」璁瓏有點不悅。

瑟諾搖頭，「原本的咒語就有點麻煩了，又被攪亂，要搞定可沒那麼容易。」

「可以預測他下一次是什麼時候會變身嗎？」冬犽詢問，「昨天中午他突然變回幼童體型，差點被其他人看見。」

「沒辦法。」瑟諾摳了摳鼻孔，「不過我可以試著讓他的轉變速度減緩，拖延維持在成年體的時間。」

他伸手點向封平瀾的額頭，封平瀾驚叫了一聲。

「怎麼了？」冬犽關切，「你不舒服嗎？哪裡會痛？」

封平瀾的臉揪成一團，「他剛剛挖完鼻孔摸我的臉，會有細菌……」

眾人微愣，有點尷尬地看向瑟諾。

「放心，我只是鼻子癢而已，沒有開採出原礦……」瑟諾吟誦了聲咒語，拉出咒語光帶，然後伸手輕點了其中幾道。

光帶運行的速度漸漸慢下來，以較為緩慢的速度旋轉。

「好了。」

璁瓏看著封平瀾，「而且學園祭不是要到了？這個樣子有辦法參加嗎？」

「沒辦法也得硬著頭皮上了。」瑟諾看著跑回去畫藏寶圖的封平瀾，沉默了片刻，臉上浮現較為嚴肅的神情，「我建議你們最好找出施咒者，雙頭一起並行，以免最糟的情況發生。」

「還能更糟嗎！現在就已經夠難搞了！」璁瓏抱怨。

「他要是退化成嬰兒的話，你們就得幫他把屎把尿了。」殷肅霜冷聲提醒。

「那樣的情況還不是最糟。」瑟諾凝看了封平瀾一眼，「咒語已經復原成當初的效果了，但是修復卻還沒停止，肉體和精神以不同的速度向前逆返，兩者在互相追趕。如果這咒語無法由外人解開的話，照著這趨勢，他的心智有可能會退化到零歲以前，靈魂和意識都不存在的狀況。」

「然後呢？」

「有兩種結果，一種是歸零之後咒語自己失效，他會恢復正常。另一種是咒語失效後，對宿主的影響並未隨之消失，他的心智便停留在虛無的狀態。」瑟諾沉吟了一會兒，「那種狀態就像是植物人，只是永遠沒有醒過來的一天。」

冬犽等人的臉色變得凝重，默默期待那樣的狀況不會發生。

「沒我的事的話，我要走了……」瑟諾把手伸到口袋裡拿出煙，找不到打火機，接著轉頭，對著封平瀾開口，「你有打火機嗎？」

「沒有耶！鳳梨哥哥說小朋友不能拿打火機，那個很危險。」

「這樣喔。」瑟諾點點頭。

殷肅霜和瑟諾交談了幾句之後，瑟諾先離開辦公室。

「你們先回去上課吧。」殷肅霜對著冬犽等人開口，「撐過今天，明天是定礎儀式，日校放假，影校的課程暫停，學生可以自由決定是否要留下來觀禮。下週一日校便進入連假，影校開始為期四天的試煉，那才是真正的考驗。」

「他能參加嗎？不管是幼體狀態還是成體狀態，都比以往來得更加脆弱了。」以一介平凡人之姿，混入召喚師和妖魔雜處的世界，原本已經是步步為營了。現在要以幼化的狀態參與試煉，與召喚師和妖魔戰鬥，根本是把幼兔丟到狼群裡……

「保護他是你們的責任。」殷肅霜提醒，「這次學園祭，理事長已經盡力插手護航了，再多干涉的話，協會也會起疑。」

「我明白了。」冬犽嘆了口氣，望向封平瀾。「走囉，去上課了。」

「喔，好。」封平瀾站起身，盯著仍舊空白的紙，然後看了看手中的筆，對著殷肅霜提出懷疑，「這個……真的是魔法筆嗎？」

殷肅霜沒回答，輕輕彈指。

筆頭在封平瀾的手中爆出了炫彩的小朵煙花。

「哇喔！好厲害！」封平瀾驚嘆。

璁瓏和希茉也訝異地瞪大眼，稀奇地看著封平瀾手中的筆。

封平瀾小心翼翼地捧著筆，「這可以給我嗎？」

「可以。」

「耶！」封平瀾如獲至寶地將筆收起，然後走向殷肅霜，抱了他一下，然後往他臉頰上親了一記，「謝謝！我最喜歡班導了。」

殷肅霜愣了愣，有點尷尬地應了聲，揮手示意冬犽把封平瀾帶走。

冬犽和希茉牽著封平瀾走出辦公室，璁瓏則留在原地。

「還有什麼事嗎？」殷肅霜挑眉。

「我也想要魔法筆。」璁瓏開口。

「啊？」殷肅霜微愕，然後失笑出聲，「那只是普通的斷水原子筆罷了。」

「那為什麼會噴出煙花來？」

殷肅霜沒好氣地搖了搖頭，「只是普通的光咒而已，哄騙小孩非常方便。」他諷笑著看了璁瓏一眼，「我沒想到連妖魔都會上當。」

「原來是假的啊……」璁瓏顯得有些失落。

「你不知道召喚師沒工作時全都去兼差當保母和老師嗎。」殷肅霜輕笑。

那些小咒語小伎倆，對於哄騙小孩和家長都非常受用。

「要是他發現這是假的話怎麼辦？」璁瓏不能苟同。

殷肅霜啜了口茶，「他會開始成長。」

冬犽等人返回教室後，把封平瀾的情況告知了其他人，每個人都陷入了苦思。

「這麼嚴重?!」柳浥晨震驚不已。

「也未必會走到那麼糟的情況。」冬犽開口，「瑟諾會協助，只是還需要時間。」

柳浥晨轉頭望向封平瀾。

封平瀾正纏著宗蜮，攀在那渾圓的身軀上，又抱又蹭。宗蜮煩躁地把他撥開，但封平瀾立刻又會黏上。

「宗蜮是熊貓大俠！」封平瀾笑嘻嘻地開口，「教我功夫！教我功夫！哈哈哈哈！」

柳浥晨轉過頭，「那試煉怎麼辦？還有慶典？」

「反正曦舫有幼保科。」百嘹風涼地笑道。

「這不好笑。」柳浥晨沉思了片刻，「如果能找到紳士怪盜，說不定能更快解決問題。」

「怎麼找？上次已經給他逃了。」

「從封平瀾最後調查的地點開始下手。」

「詩歌賞作同好會？」墨里斯挑眉，「我們事發那天晚上便潛入他們的社團教室，那裡什麼線索都沒有。」

「或許你們查得不夠仔細。問一下裡面的社員，說不定會有收獲。」

「他們會配合嗎？」璁瓏沒好氣地哼了聲，「那裡面都是些陰陽怪氣的傢伙耶。」

「他們必須配合。」柳浥晨自信一笑，「別忘了我們是什麼社的。」

社團研究社可是學生會公認的爪牙吶。

中午時分，柳浥晨一行人來到了A棟社團大樓，詩歌賞作同好會社團教室。

第一次有這麼多人來訪，窄小的教室顯得格外擁擠。加上室內不曉得為何有股濃烈的芳香劑味道，使得空氣不流通，給人沉悶窒息感。

「我不懂為什麼要調查我們。」同好社的社長皺眉，厚重的眼鏡反光，讓人看不清楚他的視線，但從他的語調聽來，似乎對於柳浥晨等人的到來感到既不解又不悅。「我們只是個小社團而已……」

「我們也不想沒事找事做，你們只是個小同好社而已，根本不是學生會督導的重點。」柳浥晨聳肩，「但是有人舉報，所以沒辦法。」

「是誰舉報？」社長追問。

「不便透露。」

「一定是隔壁的蕨類植物同好會對不對！」社長信誓旦旦地質問。「他們一直想鏟除我們，這樣就能占領我們的社團教室！」

「不便透露。」柳浥晨板著臉，一副公差模樣。

「我也要投訴，」社長憤怒地開口，「前天我們一來教室就發現屋裡有一股腐臭味！我花了好大的工夫才把味道去掉！一定是他們搞的小動作！那些傢伙會拿自製的有機肥灌溉他們的蕨類！」

「有這種事？這太惡劣了，我一定會向上稟報。」柳浥晨假裝在本子上記錄，安撫對方的心情，瞬便提升好感度。「可以到外面回答幾個問題嗎？」

「為什麼？」

「噢，」柳浥晨轉了轉眼，「對於你剛投訴的事，我們要搜證採樣，看是否能找出他人蓄意破壞的痕跡。」

「噢！好的！」社長相當配合，領著另外兩個社員，移動到走廊上。

詩歌賞作同好會的人一離開，宗蜮立即拿出咒儀開始探側，但繞了一圈教室，指針始終下垂不動，完全沒有任何反應。

走廊上，墨里斯拿出封平瀾之前帶著的詩集，對著社長和兩名社員質問，「這是你們社上的東西？」

社長接下書，翻到最後一頁，看到社團印章，「沒錯。社裡的東西為何會在你手上？」

「安靜！現在是我問你答！」墨里斯凜著臉，口氣凶惡，讓文弱的詩歌同好社社員噤聲不語。「這本詩集是誰的？」

「那是社產，我加入社團時就已經在社內了，可能是某個學長捐的吧，也有可能是前任社員到二手書店買的。」

「社團老師會不會知道這本書的來由？」

「同好會不需要社團指導老師或顧問。加上平時真正參與活動的社員並不多，所以我們一直是自行活動的。」

墨里斯看了詩歌賞作同好會的三人一眼，不耐煩地扯了扯嘴角，退到一邊。

柳浥晨走出社團教室，對著三人問了些話，接著借走了社團活動紀錄和一些相關文書檔案後便離開。

一行人前往醫療中心的奎薩爾辦公室，研究檔案。

詩歌賞作同好會的文書記錄不多，而且大同小異，創社四年來的社團活動一成不變，社員也從未突破十人。

「這是社員名冊，為了湊人數，就算只有去過一次都會登記在上面。」柳浥晨抽出張薄薄的本子，攤開，上面抄寫了所有社員的名字。

雖說是名冊，但只有五人而已，只去過一次的幽靈社員白理睿也在其上。看平日活動簽到表，實際在進行活動的只有四人。

「這是社產紀錄表。社上的書多半是社友捐贈，大部分是從舊書攤買來。但是他的登記並不是很確實。」柳浥晨一下就翻完了所有檔案，歸納出結論，「這個社團只成立四年，過往社員裡只有三個人是影校學生，而且都是外籍生，看起來任何人都沒有嫌疑。」

「那這本書是怎麼回事？」

「或許只是剛好買到紳士怪盜持有過的二手書吧……」畢竟那紳士怪盜也是個愛風花雪月無病呻吟的傢伙。

「會有這麼巧的事嗎？」伊凡質疑。

「我不知道。」柳浥晨嘆了口氣。

眾人望向坐在角落和蘇麗綰玩翻花繩的封平瀾，同時暗忖。

如果是平時的封平瀾，或許一下子就能找出破綻，想出辦法了吧……

雖然給人憨傻不可靠又胡來的感覺，但仔細想想，過去有好幾次是靠著封平瀾度過難關，化險為夷。

他們突然發覺，封平瀾比想像中的重要多了。缺少了他，這一群人像失去核心一樣，無法運轉。

Chapter8

醒來後的睡美人，發現救了自己的王子是個善良的變態

夜晚，影校。

第一堂課照例是討論時間，演員戲服和道具組訂做的大型器材都已送達。分發東西，確定尺寸，組裝器材，教室裡一片混亂。

封平瀾坐在位置上看著手機。柳浥晨幫他下載了卡通，他一整個下午都在看，非常安分。

「吶，你的戲服。」柳浥晨把衣服遞給封平瀾。

「喔。」封平瀾頭也不抬地接下。

「等一下要排練，你的劇本呢？」

「在包包裡。」封平瀾盯著畫面回應。

「你演的是公主的侍衛，戲分不多。只要唸完臺詞就可以下臺。先去試穿一下戲服是否合身。」

「可是我想看DORA。」封平瀾打了個呵欠，「我不想動。」

「不行。你已經看夠久了。」柳浥晨抽回封平瀾手中的手機。「乖，快點去換衣服。」

「喔……」封平瀾打了個呵欠，站起身，接著直接在原位上寬衣解帶。

看著封平瀾坦然自得的動作，同學們瞠目結舌。

「你幹嘛！」在封平瀾正要脫下褲子時，柳浥晨趕緊抓住他的手。

「換衣服啊。」

「去更衣室！」

「外面好冷。我想留在這裡換。」

「不行！立刻過去！」

「班長好凶，好可怕……」封平瀾的聲音開始哽咽，「好像湯婆婆……」

「你說什麼！」

冬犽趕緊向前安撫，「妳別嚇到他了。」

「你是在責怪我？」柳浥晨火氣上升，忍不住回口，「他會變這樣可不是我造成的！」

「我只是覺得，妳這樣恐嚇小孩並沒有意義。」冬犽淡然回應。

「就算是小孩也要守規矩！」

「哎呀呀，現在是在上演家庭倫理劇嗎。」百嘹輕笑。

封平瀾一臉懼怕地看著兩人，不敢吭聲，但淚水已在眼眶裡打轉。

「你有辦法你自己來。」柳浥晨瞪了冬犽一眼。「十分鐘以後要排練，他必須上場。」

她不是刻意找碴，只是在眾目睽睽之下，身為班長的她不能偏袒，更何況她不能向眾人解釋封平瀾的狀況。在這個非常時期，她必須樹立威信，即使這會令人不快。

「我帶你去換衣服。不用怕冷，我幫你召出暖風。」冬犽柔聲開口，伸出手打算牽著對方前往更衣室。

但封平瀾沒有伸出手，反而是轉過頭，望向坐在斜角的奎薩爾。

奎薩爾目睹了一切，但他沒有特別的反應。

「奎薩爾……」封平瀾小心翼翼地開口，「你在生氣嗎？」

奎薩爾淡然地看著封平瀾，然後緩緩搖頭。那與他無關，他根本沒有生氣的理由。

「我是壞孩子嗎？」封平瀾詢問。

奎薩爾沒回應。

「你當然不是。」冬犽溫柔地回答。

但封平瀾沒有聽進去，而是全然專注地盯著奎薩爾。

「你會不會跑掉？」封平瀾戰戰兢兢地詢問。「我去換衣服，回來之後你還會在？」

奎薩爾看著封平瀾，不懂為什麼他會這麼問，更不懂封平瀾為何這麼重視這個問題。他看起來對這個問題的答案感到恐懼，但既然恐懼，為什麼又要說出口？

他本不想回應，但封平瀾一直盯著他，似乎得不到答案不罷休。

沉默了片刻，他低聲回答，「……會。」

封平瀾明顯地鬆了口氣，露出如釋重負的神情，臉上再度浮上笑容。

奎薩爾低聲提醒，「冬犽在等你。」

「喔好！」封平瀾轉過身，牽起冬犽的手，前往更衣室。

封平瀾迅速換上戲服，接著跑回教室，衝回奎薩爾面前。

「我換好了！」

奎薩爾看著對方。不懂為什麼封平瀾事事都要向他報備。

「有沒有很快？只花了三分鐘喔！」

奎薩爾看出封平瀾是想得到他的認同，便生硬地點點頭。

但封平瀾並未滿足，仍然站在原地，沒有離開的意思，似乎在等待著什麼。

「你忘記了嗎？」封平瀾偏頭。

奎薩爾挑眉，不解。

封平瀾伸出雙手，捧起奎薩爾的手掌，放到自己的頭頂，然後搖晃了幾下。

「要這樣啦。」封平瀾放下奎薩爾的手，笑了笑，「下次要記得喔！」

接著，轉身，跑到臺前集合。

之後的排練，封平瀾的表現雖然僵硬生澀，但因為不是主角所以也沒人在意。他每上場一次，下場後就會跑去找奎薩爾，拉著奎薩爾的手摸自己的頭，整個排練過程勉強順利結束。

剩下的兩堂課，封平瀾一直在打瞌睡，精神非常渙散。咒術課的練習時間，他靠在牆邊直接睡著。

「這是變身之後的後遺症嗎？」冬犽非常緊張地看著封平瀾。「他平常不會這麼累的。」

「不是。」柳浥晨沒好氣開口，「現在是小孩子的睡覺時間。」

在殷肅霜的許可之下，封平瀾前往醫療中心休息，直到放學。

次日。日校學生中午便放學，開始了為期十天的長假。影校的課程也暫停，為了學園祭的五校聯合試煉進行通連結界的定礎儀式。

封平瀾和契妖本可以不用到場，但出於好奇，一行人來到了學校觀看儀式進行。

儀式分別在影校的異度空間內，以及現實界的校區同時進行。主要的儀式咒語是在影校進行。影校的校舍走廊圍滿了學生，想觀看中庭的四校代表們。

中庭的空間被擴大，幾乎和操場一樣寬敞。場內空蕩蕩的，什麼都沒有。

「不奏樂歡迎嗎？」封平瀾好奇。「會不會有動物花車？」

「全程靜默是這個儀式的傳統，因為在進行通聯定礎時，必須非常專注。通聯咒語是在戰爭中發明的，在創用之初非常不穩定，有許多召喚師死在咒語進行之中。」柳浥晨小聲地回應，「沉默代表我們對他們的尊重。等一下代表們出現後就不能說話了。」

「好！」封平瀾應了聲。

「噓！」

夜晚八點三十分。四列隊伍自四方進入中庭內。四校的前導代表都穿著自己學校的禮袍，手中持著執行儀式的器物，默默地步入。

四所學校各聚一方。站定之後，便以特殊粉末，在地上畫起巨大的魔法陣。每一個魔法陣都由五個人同時繪築，雖是分頭進行，且動作快速，但畫出的線條都非常工整，完美地銜接拼合，沒有任何的失誤。

約莫二十分鐘後，中庭內出現了四個圓方不一的魔法陣，每個面積都有一間教室那麼大。眾人屏息觀看，沒人發出任何聲響，也沒人輕舉妄動。

魔法陣畫成之後，所有成員各自站在陣內與陣外，靜靜地等待。

八點五十三分。一聲悠長而清脆的鐘鳴響起。

這是全世界磁場最不穩定的時刻，空間與世界的分野原本像油與水一樣壁壘分明，此刻開始互相滲透、混濁。

中庭內的召喚師們開始吟誦咒語，操控著咒具。隨著吟誦聲，魔法陣的線條開始發光，光線逐漸增強，變得刺眼。然後，在光暈之中，陣圖的線條下，透出了模糊的影像。

影像顯示的是其他影校的場景。當此方進行儀式時，彼方的各校也同步施展相同的咒語，兩邊的魔法陣開始共鳴，最後連通，形成空間轉換口。

當影校內的前導團隊正在結立通聯咒語時，曦舫的教師群們則是低調地散落在影校外的校區裡，張起安定和攔阻的咒語。

定礎過程雖然是在影校進行，但是咒語的動蕩和波動會影響到現世。特別是在完成的那一刻，強力的咒語衝波會從影校中湧瀉而出，奔流往現世。

雖然那些衝波不會對一般人造成任何影響，但會刺激到低階的妖魔，或是造成電器故障。因此必須張起攔阻牆，把衝波限制在設有管控咒語的曦舫之內。

「定！」

最終的令辭吐出。

光線激射，如湧泉般向上噴射而出。

影校的空中現出一道虹光，一閃即逝。

地表上，分布在世界各地的影校，同時閃動起一樣的虹影。

數個點同時發亮。看不見的通道此刻連結在一起。

一陣波蕩從影校的空間裡漫射溢散而開，就像被灌爆的水球。但被結界控制在曦舫的校區之內。激起的咒語和妖力像是颳風天的海潮，在結界內沖蕩奔騰。低階的雜妖驚愕閃避。誤觸衝波的雜妖，無法承受巨大的力量灌入，在瞬間爆裂消失。

校內充斥著無聲的哀鳴。在凡人看不見之處，低等的生命體經歷了一場耗劫。

這樣的咒語激流，一般人感覺不到異常，頂多體質敏感一點的人會覺得有耳鳴。

男子宿舍裡，還有不少房間亮著燈。曦舫規定長假期間，學生必須全部離宿，但最晚的搬遷時間是週六中午前，因此宿舍內還有些學生駐留。白理睿便是其中之一。

房內只有他一人。自從海棠搬走後，就再也沒有新室友入住。

白理睿坐在電腦前，螢幕上正播放著駭人的鬼片。

屋內燈火通明，但白理睿還是抱著枕頭壯膽。他並不太喜歡這些影片，但為了多了解一些超自然現像，他勉強自己去觀看這些會令他做惡夢的片子。

桌面上，放著一張精緻的娃娃床。床上躺了個紫色的小小身影。

原本這張小床是放在他改造過的衣櫃內，但因為一個人看恐怖片實在令他太害怕，所以他把玖蛸連人帶床地搬出，陪他一起看。

畫面中，主角們來到了陰森的古宅，發現暗室裡有個人坐在搖椅上，背對著來者。極有求知欲的白目主角們，緩緩地走向那黑暗中的身影。

白理睿咽了口口水，伸手摸了摸小床上的人安撫自己恐懼的心。

就在此時，小床上的人忽地睜眼。音響裡正好也傳出震驚的音效。

白理睿被扎實地嚇了一跳，驚叫出聲，整個人向後翻倒。

玖蛸坐起身，揉了揉眼，轉頭望向窗外。

看著咒語的激光電花，他呆愣在地。「那是什麼呀？三皇子的計畫成功了嗎？話說我怎麼會看得見，這裡是地獄還是天堂……」

玖蛸打量了自己周遭環境一圈。

「應該兩邊都不是，天堂不會這麼寒酸，地獄也不會這麼樸素。話說回來，天堂和地獄是人類去的地方，誰曉得妖魔死了以後會去哪……」

他回過頭看見白理睿，警戒地退後。

白理睿驚喜地看著玖蛸，「你終於醒了！」

玖蛸偏頭，「你認識我？這個看起來有點愚蠢的人類有點眼熟，是在哪裡見過他呢？」

「我在體育館後面的水溝撿到你，和你訂了契約。」白理睿擔憂地解釋，「你忘了嗎？」

玖蛸想了想，眉頭皺起，下垂的八字眉讓他看起來更加愁苦。

「對……我想起來了……我失敗了，三皇子不要沒用的卒子，他不要我了……」他低頭長嘆，嗚咽著唸唸有詞。

白理睿抓了抓頭，有點不知所措。接著靈光一閃，打開櫃子，拿出儲備已久的存糧。

「那個，」白理睿拿了顆桃子，遞到玖蛸面前，笨拙地開口，「要不要吃桃子？」

玖蛸看到桃子，眉頭揚起，看起來有點詫異。他警戒地看向白理睿，「你怎麼知道我喜歡吃這個？」

「你昏迷前說過你想吃。」白理睿抓了抓頭，「你不喜歡水蜜桃嗎？沒關係。」他打開自己帶來的小冰箱，拿出其他品種的桃子，包括罐頭，一一擺到玖蛸面前。

玖蛸看到這麼多的桃子，不由傻眼。他從來沒看過、也不知道桃子有這麼多種類。

「你也愛吃桃子嗎？」

「還好。這是我幫你準備的。」白理睿老實開口，「我不曉得你會什麼時候醒來，也不曉得你喜歡哪一種桃子，所以就都買來備著。放心，這些都很新鮮，沒有壞掉。」

不新鮮的桃子，全都進了腹中。

玖蛸看著白理睿，良久，喃喃低語，「新的主子心地很好，這是第二個對玖蛸這麼好的人……」

第一個是三皇子，不過那是很久以前的事，三皇子也只對他好那麼一次而已。

但他卻一直記得。

心情稍微放鬆之後，玖蛸低下頭，赫然發現自己身上穿的是蘿莉塔風的洋裝。

「這個奇怪的衣服是怎麼回事……」

白理睿有點不好意思地笑著開口，「你原本的衣服又髒又破，所以我幫你換了。」他打開衣櫃，現出裡頭掛著的一整排小號衣服，「你不喜歡這件的話，還有很多款式。」

「我原本的衣服呢？」

「我有留著。」白理睿伸手，從那疊衣物中拿出其中一件。

原本的長袍變成窄短裙，背部和腰部都被開了口，改成交叉的綁帶樣式。

「因為衣服有破損，所以我修改了一下。」

玖蛸嘆了口氣，「新的主子心地很好，但是有邪念……」他望著白理睿，不解地問，「為什麼你要對我這麼好呢？」

「呃，因為你和我訂了契約……」白理睿一說出口就後悔。他應該要講一些更感性、更帥氣的臺詞，但因為事發突然，他只能想到這理由。

「對，我和他訂了契約，因為三皇子不要我了……」玖蛸抬頭，看了窗外一眼，害怕地開口，「那是怎麼回事？這裡有其他召喚師嗎？」

白理睿順著玖蛸的目光向外望，沒看見任何東西。

「有什麼東西嗎？我沒看到耶。」白理睿困惑地開口，「什麼是召喚師？」

「召出妖魔訂立契約、奴役妖魔的人類。」

「那，我也算召喚師嗎？」

玖蛸搖頭，「你不算。」

記憶回溯，他想起了曾在校園裡看過封平瀾和奎薩爾等人，不安地咬了咬下唇。

「這裡有很多召喚師，大的和小的，還有奎薩爾……」

「奎薩爾？你認識他？」

「你知道奎薩爾？」

「他是我們的校醫啊。」白理睿回答，「我有個朋友超崇拜他的說。」

「奎薩爾當校醫？戰神奎薩爾？怎麼可能……不，有可能，上回偵查時，我看到他在收集人類的尿……可是，奎薩爾他們在這裡做什麼？十二皇子也在這裡嗎？得快點向三皇子稟報——」玖蛸喃喃自語，最後停頓，然後長嘆了一聲。

「三皇子都不要我了，我還得效忠於他嗎，況且，他會相信和人類訂約的我嗎……」

白理睿看玖蛸陷入苦惱，努力地想討他歡心，但卻不曉得該說什麼，只好重複相同的話，「那個，你要不要吃桃子？我幫你剝皮。你選一個吧！」

玖蛸望向白理睿，然後又看了看滿桌的桃子，沉默了片刻，指了指白桃，「這個。」

「好，等我一下。」

白理睿拿起桃子，轉身走向矮櫃，仔細地把皮去掉，接著拿出水果刀，把桃子切成小塊。

「現在的我體力還沒完全回復，只比雜妖好一些而已……」

玖蛸低語，同時看著窗外，看著那些在光流之中爆炸慘死的游離雜妖，然後暗暗地下了決心。

「這個學校有問題，我要調查清楚。查出連三皇子都不知道的情報，讓他知道我有多重要……」

海洋彼端。陸面上璀璨華麗的都城。

午後的日光帶著慵懶的氣息。市中心的高樓上，金色的人影站在大片落地窗前。

落地窗上以白漆畫上了密麻的符紋，和通聯咒語類似的魔法陣。

忽地，魔法陣泛起了耀眼的光芒。光暗後，窗外的景色不再是金碧輝煌的都會夜景，而是妖異詭譎的皇城密林。

那是幽界的景象。

鏡中皇城，是他的宮殿。

他的宮殿之一。

看著那被樹林包圍的殿宇，他搖了搖頭。

「真醜……」

他會蓋起新的宮殿，在他所選定的佳美之地，看得到朝陽和夕霞的地方，建立自己的皇宮和霸權。

電話響起。

「成了嗎？」他問。

「成了。」電話彼方回應，「基點已設立，就等您的人馬將彼方的大門開啟。」

Chapter9

友誼賽就是校際鬥毆的官方稱呼

週一。夜晚。影校。

新月如鉤。位於異度空間內的影校，月輝的光澤經結界折射，呈現淺藍色的光暈，灑落地面。帶著藍光的影校，有如沉於海底。

寬敞的中庭裡聚滿了人，所有曦舫的學生們都換上專屬的戰鬥服，包括契妖亦是。

每所學校各自有不同顏色的戰鬥服，曦舫的衣服是雪白的軍裝，兼具了實用與美觀，一列列白色的隊伍聚集在中庭裡，有如瑞雪。

通聯定礎之後，經過兩日，四個魔法陣已穩定，各自閃爍著不同的光芒，以緩和的速度運轉著。

「穿過通道，會抵達另一個影校，在那裡，有不同的試煉等著你們。接連著四天，四個不同的試煉。」歌蜜站在高臺，向底下的人宣告著規則，「每一組都有一支帶著咒語的小旗子，完成關卡之後，找到旗座插上去，旗子會回復成原來的尺寸，整組人也會被送返回來。時間到了，未完成者則是會被強制遣回。時間也是評分的項目，越早回來，分數越高唷！」

封平瀾牽著冬犽的手，看起來相當期待。其他同伴則是非常不安。

帶著小孩上戰場，這是非常不利於戰鬥的事……

「如果妳擔心被拖累的話，要不要拆組？」百嘹看出柳浥晨的心思，笑著開口，「把封平瀾剔除，省得他成為絆腳石，呵呵呵。」

「我才不會幹這種事！」柳浥晨反駁。

她略微惱怒，不是因為百嘹說的話，而是她真的曾浮現這樣的念頭。她厭惡自己有著如此現實的一面。

百嘹輕笑，「帶著他，妳的冠軍夢可難達成了吶……」

柳浥晨不語，內心糾結著。

好勝心強的她，一直想要有表現自我能力的機會，一直想要證明自己的能耐，證明自己不是在家人庇蔭之下平步青雲。

帶著封平瀾明顯對試煉不利，但是……

她握緊拳頭，陷入了苦惱。

鐘聲響起，宣告著試煉開始。

「噢噢，來不及反悔囉。」百嘹笑道。

聽見鐘響，所有的學生開始向前衝，奔向黑色的魔法陣。跳入陣中的學生，像是跳入水中一樣，一一沒入，被轉送到千里之外的空間裡。

冬犽等人帶著封平瀾，跟著人群，跳入陣中。

穿越結界，他們大約在一陣白光中飄浮了五秒，最後落地。

強烈數十倍的寒風襲來，溫度驟降三十度。冰點以下的溫度，使得每個人吐出的氣息變成白煙，水氣瞬間結成霜。「好冷！」封平瀾縮起身子，拿起暖暖包敷在臉上，但根本禦不了寒。

冬犽召出風壁，包圍在每個人身邊阻斷寒氣。片刻，身子才漸漸回暖。

「這裡是海參崴分校。第一個試煉是生存遊戲，我們得保住自己的隊旗，並且搶奪他隊的旗子，奪取數量越多，分數越高。」柳浥晨忍著寒風開口，「這裡太空曠了，很容變成目標，快點走——」

「來不及了。」

一支箭矢凌空射來，眾人連忙閃避。箭矢射落地面時，炸起一陣光爆。

眾人回首，只見三色不同制服的人馬，各據一方，來意不善地看著封平瀾一群人。為首的分別是傑拉德、愛爾薇拉和狩野千春。

「之前幾天讓你們躲過了，這回可沒辦法逃了吧。」狩野千春得意地開口。前幾日，封平瀾一行人總是刻意避開打鬥，要不然就是直接請假。

他們以為這是畏敵的表現，但實際上柳浥晨等人是為了保護封平瀾。

「蠢女人……」海棠不屑地哼了聲，「白痴才會與虎謀皮，小心妳的戰友臨陣倒戈。」

「你們不也是嗎？」狩野千春反諷，「雖然是同校的隊伍，但冠軍的位置只有一個。」

一組人的上限是六人，他們以為柳浥晨和百嘹等人是不同的組別一起合作，殊不知這一組的契妖比人類還多。

「況且我們也不是戰友，只是想趁著試煉解決個人恩怨的同路人罷了。」愛爾薇拉笑道。

「我不記得我們得罪過這麼漂亮的人。」百嘹淺笑，「若是誤會，也是個美麗的誤會，因為它讓我們相遇。」

愛爾薇拉冷笑，「我對你沒興趣。」接著冷然望向伊格爾一眼。

百嘹了然於心，「原來是前女友。」

「才怪！伊格爾的品味才沒那麼差！」伊凡怒然開口，「那女人是伊格爾的手下敗將。伊格爾在德米特里高校的入學考試時打敗了她，成為那一屆唯一的特晉生。」

「但他不是來曦舫就讀了？」

「喔對啊，因為伊格爾不想和我分開。」伊凡得意地笑了笑，看向愛爾薇拉，「伊格爾離開後，第二名的妳才被遞補升為特晉生，妳應該高興才對吧，真不懂妳在不爽什麼。」

「所有的人都知道那是伊格爾不要的東西。」愛爾薇拉冷聲開口，「輸給一個和契妖稱兄道弟的召喚師，是我一生的恥辱……」

「妳真的很煩人。」伊凡翻了翻白眼。

「可以省去寒暄了嗎？」柳浥晨抽出紙牌，甩地，召出巨槌，「開戰吧。」

敵隊的召喚師紛紛召喚出契妖，雙方開始激戰。

葉珥德雖是教職人員，但在試煉時，柳浥晨隨時可以把他召來戰鬥。

然而她並不想那麼做。

那個聒噪的話癆老頭子會敗壞她戰鬥的心情。而且，她還不算葉珥德正式的契約主，她尚無法凌駕對方。此時叫葉珥德來，就像是開外掛作弊一樣。

數名召喚師襲來，向柳浥晨圍攻。

柳浥晨靈巧地揮動巨槌，精準地計算每一個空檔，丟出咒語，流暢而完美地在同時間進攻防守。

但以寡敵眾，難免會有疏失，一名召喚師趁著柳浥晨為了閃躲攻擊而躍起時，對她射出雷砲。

柳浥晨閃避不及，暗叫了一聲糟。但猛烈的雷砲在空中被長鞭揮甩打落。

「怎麼不叫我呢？」百嘹輕笑，「我的『主子』。」

「我討厭戰鬥時有人在一旁礙手礙腳的。」柳浥晨揮槌，將衝過來的契妖打飛。

「妳似乎樂在其中。」

「彼此彼此。」

另一頭，傑拉德逼向封平瀾。他的同伴本想出手，但被他冷眼制止。

「不要插手。」他淡然開口。

同隊的隊友們全都不敢妄動，默默退下。

「好幾天沒和你說話了。」傑拉德望向封平瀾，「我的後腦勺還隱隱作痛呢。」

「是喔？」封平瀾點點頭，「誰叫你壞壞。」

傑拉德挑眉，「你真的很有意思。好像有不同的面孔一樣，讓人看不清哪一個才是你的真面目……」

「我又不是假面騎士，哪有什麼真面目。」

傑拉德冷笑，扯開手環，召出嚳勒禮。

「叫你的奴僕出來應戰吧。」傑拉德看了封平瀾身後的奎薩爾等人一眼，「哪一個是你的契妖呢？」

「他們是我的家人！」

「真可笑。」傑拉德淡然地搖頭，「盡是這種對工具投入感情的外行人，曦舫在正格的召喚師眼中，永遠是上不了檯面的異端……」

說著，嚳勒禮對著封平瀾發動攻擊，咒語擊向封平瀾，但在空中就被影子給擋下，捲蝕。

「沒想是你。」傑拉德挑眉，「看起來很強大，卻委身於無能的主子。挺令人意外的吶……」

奎薩爾漠然地瞥了傑拉德一眼，絲毫不把對方放在眼裡。

鎖定目標後，轡勒禮揮起長槍，荊棘同時旋結成數道尖錐，從四方向奎薩爾衝刺而來。同一時間，傑拉德的其他隊友紛紛朝著冬犽等人進行攻擊。

奎薩爾面不改色。他舉起手，雷電在掌中聚結，同時天空中傳來隱隱雷聲，電光在所有敵對者的上空閃耀。

速戰速決吧……

冬犽看穿了奎薩爾的意圖，立即衝上前，以風刃斬斷荊棘，同時喚起風，將奎薩爾帶到一旁。

「戰鬥服上有探測裝置，記錄所有的戰鬥數據，做為評分和監視作弊的工具。」冬犽小聲開口，「你要是使出全力，一定會引起注意的。」

奎薩爾微微蹙眉。「所以？」

「你得隱藏實力，」語畢，轉身，投入戰場。

轡勒禮的荊棘鞭來，奎薩爾向後一躍。

他略微困惑。因為他沒有向任何人示弱過，更沒有裝弱過。

對他而言，這比全力戰鬥還要困難。

當奎薩爾和轡勒禮激鬥時，海棠和曇華，伊格爾和伊凡，各別被狩野千春以及愛爾薇拉給纏上。

狩野千春握著日本刀，指向海棠，傲然開口，「讓我看看你進入魏氏宗家以後學到了什麼吧！」

一旁的曇華喚出數十把刀劍，「海棠少爺，交給我吧。」

「不用了。」海棠皺眉看了千春一眼，只覺得厭煩。「弄傷她的話，到時候嬸嬸又來囉嗦。我自己解決就好。」

千春怒不可遏，「你少得意忘形！」她甩下掛在刀鞘上的鈴鐺，喚了聲，「斑竹！」

一隻白褐相間的貓兒隨著鈴鐺的墜落翻身現形。

「撕爛那傢伙的臭嘴！」千春下令。

「是的，主人！」斑竹輕盈躍起，衝向海棠。海棠順勢揮刀，但斑竹立即轉向。躍動的姿態，有如蟲子在飛舞一樣。

斑竹在空中甩動尾巴，一陣灰色的霧向海棠襲來。海棠退避，同時以劍氣斬開灰霧。

「過來！斑竹！」千春下令，同時躍起，踏著正好飛返的斑竹的背，向海棠劈來。

一個精碩的身影凌空躍入打鬥之中，擋在海棠面前，剛硬的獸爪擋下了刀劍。

海棠挑眉，看著忽然闖入的墨里斯，「你插什麼手?!」

「我有我的理由……」墨里斯低聲回應。

他轉過身，臉色凶狠地瞪向千春。他的雙眸瞪大，呼吸粗重，看起來熱血沸騰，極為猙獰。

「你你你、你想幹嘛？」看著壯碩的墨里斯，千春嬌斥。

「我對妳沒興趣。」墨里斯不耐煩地瞥了千春一眼，目光集中在她腳邊的斑竹身上。

「這場戰鬥，由我出馬……」

海棠沒意見，他巴不得把千春這燙手山芋甩開。

「謝了。」語畢，海棠轉身去對付其他的影校召喚師。

「可惡！」千春看著海棠的背影，憤怒地瞪向半路殺出的墨里斯。「既然你找死，我就先解決你！召出你的契妖吧！」

「契妖？錯了。」墨里斯向旁邊一躍，一把揪來戰鬥到一半的璁瓏，「我是他的契妖。」

璁瓏臨時被拉入，一頭霧水，「你在胡說——」

「配合我，」墨里斯壓低聲音，小聲開口，「我送你車組模型。」

璁瓏眼睛一亮，立即氣勢囂張地看著千春。

「沒錯，他是我的契妖。」璁瓏雙手扠腰，「要是妳想得到他的話，得先經過我的同意！不然我是不會承認妳的！」

「誰想要得到他了！莫名其妙！」千春惱怒跺腳，「斑竹！攻擊他！」

貓兒躍向空中，朝著墨里斯發動攻擊。牠一旋身，兩記像刀刃一樣的薄圓片發射而出。

墨里斯沒有閃避，揮爪打落圓片。然後衝上前，直躍空中，接著一把捉住斑竹。

斑竹甩尾，尾巴有如鋼刀一樣，打上墨里斯的手。

但墨里斯並沒有退開，硬生生地接下這一記，似乎毫無知覺，隨即緊緊地把斑竹勾入臂中。

被人箝制住，斑竹暗叫了聲糟，咬牙，準備接下墨里斯的反擊。

但是，預期的痛楚並沒有襲來，反而是一雙大掌溫柔地撫摸著牠的肚子和背脊。

斑竹狐疑地抬頭。只見墨里斯一臉陶醉地盯著牠，然後握著牠的腳掌，不斷揉捏，似乎非常滿足。

啊，是肉球……這可愛的小肚肚……

終於讓他摸到了……

「放開牠！」千春怒吼，「斑竹，變化成第二形態！」

墨里斯聞言，頓了頓。

第二形態？難道會變得更大隻嗎？

他見獵心喜地想著，內心忍不住期待萬分。

趁這空檔，斑竹立即抽身，跳到一旁。牠低聲嘶吼，接著，皮下的骨骼凸出，撐起皮囊，開始轉變。

墨里斯期待地看著斑竹，等著迎接第二形態的巨大貓咪。

但是，斑竹的身軀雖然變大，牠的形狀也開始扭曲變異，圓溜的貓眼外擴，變成有如昆蟲的複眼；鼻子向下拉長，耳朵也變細，扭成了兩根圓弧狀的觸鬚；四肢分裂成一節節的蟲足，背後張起了兩片橢圓的翅膀。

墨里斯的臉瞬間僵硬，有如發現自己被仙人跳的嫖客。

「你……不是貓？」

「那是為了配合主子的喜好。」斑竹回答，「我是斑點蛾。」

「什麼！」墨里斯大為震驚，精神受到嚴重打擊，「那……那些毛是？」他看到斑竹脖頸和翅膀上的絨毛，臉色轉為深綠。

「第二形態的我能發揮九成的實力。」斑竹冷笑，發出警告，「剛才只是暖身，現在我要認真——」

話語沒說完，一記鐵拳朝著牠的臉暴擊而來。劇烈的衝擊和扎實渾厚的力道，把斑竹打得向後飛倒。

「斑竹！」千春奔向倒地的斑竹。

斑竹根本不知道發生了什麼事，只覺得眼冒金星，想要站起卻又無法動彈。

墨里斯走向千春。千春舉著刀，不安地看著對方。

「帶著妳的契妖，離開我的視線……」墨里斯陰狠地開口，接著轉身，投入其他人的戰鬥之中，暴怒地揮拳痛擊，一一打退敵方的隊員。

「他怎麼了？」海棠不解地看著憤怒的墨里斯。

璁瓏偏頭想了想，「應該是類似買到山寨品的遷怒洩憤吧。」

另一方面，奎薩爾面對轡勒禮的攻擊，只能頻頻退讓。

轡勒禮的攻擊既猛而快，奎薩爾一邊護著封平瀾，一邊擋下攻擊。雖然轡勒禮的攻勢非常猛烈，但他始終只是退避，並不出手。

他不曉得要如何拿捏，要弱到何種程度才不會引人注目。

「你只會退避嗎？」傑拉德輕笑，「原來只是虛有其表，實質上和你的主子一樣軟弱。」

奎薩爾瞥了傑拉德一眼。森冷的紫眸讓對方戰慄，並不自覺地退後。

「使出全力，轡勒禮。」傑拉德下令，「挖了他的眼。」

轡勒禮的攻擊變得更加凶猛，長槍搭配著荊棘，連番發動攻勢，完全無喘息空檔。

奎薩爾眼看無法躲避，從影中抽出刀抵擋。

封平瀾站在奎薩爾身後，看著奮戰的奎薩爾，咽了口口水。

他拔下頸上的黑色晶石，輕甩，化成長刀，舉在自己面前。

至少……要保護好自己……不能讓奎薩爾分心……

「終於打算應戰了？」傑拉德冷笑，一躍跳至封平瀾面前，「我還以為你打算一直躲在契妖的保護傘下呢。」

封平瀾舉起刀，警告，「不要過來喔！我現在手上有刀，很危險喔！被刺到會流血喔！」

「裝幼稚是你的欺敵招式？」傑拉德哼了聲，「不過，即使是面對最三流的對手，我也會全力以赴。」

雙手上的戒指瞬間伸出錐刺，朝著封平瀾揮砍。

封平瀾舉劍擋下，但下一刻，手中的劍便被擊落。

「啊！」封平瀾驚呼。

其他正在戰鬥中的契妖或隊員發現封平瀾的處境，不由大驚，想出手相助，但群敵環攻之下一時分身乏術。

傑拉德的錐刺朝著封平瀾揮擊而下。眼看就要血濺五步——

但是錐刺卻撲空，沒刺中任何目標。

傑拉德愣愣，低下頭。只見幼童化的封平瀾站在地上，驚魂未定。

千鈞一髮間，逆齡的咒語啟動，封平瀾再度變成孩童，身高瞬間縮小，躲過了一劫。

「變身咒語！」傑拉德挑眉，「挺有兩下子的。」

「還好啦。」封平瀾傻笑，同時，熟悉的不適感襲來。

呃！完了！

控制不住了！

傑拉德舉起手，瞪著封平瀾，「不過同樣的招式，沒辦法用第二次──」

「唔嘔嘔嘔嘔嘔──」

深灰色的泥狀物從封平瀾的口中噴湧而出，正面噴灑向傑拉德的臉。

「啊啊啊啊啊！」眼目口鼻被攻擊，傑拉德發出憤怒的驚叫，連忙向後退開。

趁這時候，奎薩爾旋身，將縮小版的封平瀾捲入懷中，帶著他離開現場。

「這傢伙根本和海參一樣，遇到危機時會噴出內臟！」其他隊員見狀，全都一陣反胃，但又不禁對封平瀾出人意料的戰術感到佩服。

蠻勒禮的攻擊再度襲來。奎薩爾抱著封平瀾，單手反擊。

封平瀾觀看了一會兒，擔憂地開口。

「奎薩爾，你還好嗎？怎麼不反擊？」

奎薩爾看了封平瀾一眼，低聲回應，「有探測裝置，我不能使出全力……」

「探測裝置？」封平瀾偏頭，指了指奎薩爾胸前的鈕釦，「是這個嗎？剛剛你要召出雷電的時候它亮了一下。」

奎薩爾挑眉，看向衣服上的鈕釦，仔細觀察，確實有細微到不可辨的咒語在上頭運行。

他伸手摘下鈕釦，往地面上扔去。

地上的影子捲起，化成一個黑色小人，接下了鈕釦。

那是他召出的影之使魔，像是他的分身一樣，但能力只有不到本體的百分之一。鈕釦嵌在小影人身上運轉，搜集著小影人的數據。

這下方便多了……

奎薩爾將長劍收回影中。伸出手。

瞬間，雷電聚集。

當奎薩爾將手揮下時，數道閃電劈落，擊在敵隊的召喚師和契妖身上。

瞬間完勝。

柳浥晨等人看著倒下的敵手，詫異地看著奎薩爾。

竟然能在一瞬間制服這麼多上級契妖和召喚師……

雖然已知道奎薩爾很強，但每一次，奎薩爾施展出的能力總是更加超出了他們的預想，感覺游刃有餘，深不可測。

這傢伙是什麼來歷，怎麼會這麼強……

「時間不多囉。」百寮出聲提醒。

一行人趕緊從倒下的人身上取下走旗子，匆匆離開，前往終點。

由於在一開始浪費了太多時間和體力，之後隊旗的收集有點吃力。時間結束時，他們總共取得了而十三枝旗，排名約在頂標。

第一日試煉結束。

柳浥晨對結果有些不滿，但一看到影校代表的隊伍名次在自己之後，便開心了不少。

一返回曦舫，冬犽立即抱著幼童大小的封平瀾，前去尋找瑟諾診察。

瑟諾看著封平瀾身上的咒語，皺起眉。

「我的減速咒語被抵消了。」他看向冬犽等人，「你們有施咒者的下落嗎？」

「沒有……」

瑟諾嘆了聲，從櫃子裡拿出一瓶藥遞給封平瀾。

「吃了這個藥就會好嗎？」封平瀾虛弱地詢問。

「只是緩和變身時的抗斥反應，讓你好過一點。」瑟諾轉過頭，對著其他契妖，以罕見的嚴肅語氣開口，「我會繼續研究找出解咒的方法，但你們也請努力，找出施咒者……不然……」

他看了封平瀾一眼，沒繼續說下去。

回到家中後，封平瀾直接回到自己的房間。冬犽以為對方是想早點休息，便不再打擾。

但回房後的封平瀾並未躺在床上休息，而是走向書櫃，把所有和紳士怪盜有關的資料搬到書桌上，接著，從第一頁開始翻閱。

吃了瑟諾的藥之後，身體好多了，但他知道，這只是治標，根本的病還沒除去。

一定得找到紳士怪盜……

不只是為了他，也是為了他的契妖。

要是他死去或變成廢人的話，奎薩爾便無法繼續留在人界，甚至有可能被協會給收押。

他不能讓這樣的事發生，這不是他想要看到的結局。

就算之後會分離，他也要在離開前為契妖們盡自己的心力。因為，是他們的出現，才讓他覺得生活有意義……

次日。清晨。

冬犽才踏入廚房沒多久，雜沓的腳步聲便從樓上傳來，一路往廚房逼近。

他轉過頭，只見封平瀾抱著一大本資料，奔向自己。

「你起得真早。」冬犽詫異。

他以為經過昨天的消耗，封平瀾應該會睡很久才對。但當他發現封平瀾穿著和昨日一樣的衣服時，立刻了解發生了什麼事。

「你沒睡？」

「喔，我忘了。」封平瀾隨口應了聲，將檔案放到餐桌上，攤開，急促地開口，「我有新的發現！」

冬犽發現封平瀾的態度非常焦急，像是在提防著什麼似的。

「慢慢來，別急。」

「不行，快沒時間了。」他吃了藥之後，可以察覺到身體異變的前兆，他知道再過不久，他又要變回那無知又無助的幼童。

封平瀾把檔案推向冬犽。

「你看，這是紳士怪盜出沒的時間，我發現他的活動頻率與範圍，正好和學校的作息契合。」

他倉促地翻了幾頁，然後指了指頁面。

「你看，這裡、這裡、這裡。發生在北部以外的案子都落在每年的七八月和二月，正好是寒暑假的時刻。他要不是學生，要不就是學校員工。」他再翻了幾頁，「然後，其他月分，他的活動範圍都不出北部，可見他的主巢一定是在北部，甚至很有可能和我們在同一城市！」

「冷靜點！」

看著眼睛布滿血絲的封平瀾，冬犽很擔心下一刻對方會暴斃。

封平瀾並沒有放慢速度，繼續開口，「還有，詩歌賞作同好會，我覺得那裡一定有問題。不然我不會倒在社團大樓前的廣場！」

「我們查過了，裡面的學生都沒有嫌疑。」

「是嗎？那社團老師呢？」

「他們沒有社團老師。」

封平瀾咬了咬嘴唇，「那，回去上一個現場探勘，甚至是過去所有他犯案的地點，全部都勘查一遍，包括路邊的監視器影像！要不然就把所有的證物拿出來研究比對，找出所有的可能，一定會有線索——」

啊，來不及了。

幼小的身軀瞬間泛起光，拉長，變回少年的模樣。

「平瀾？」冬犽看著封平瀾，關切，「你還好嗎？」

封平瀾點點頭，有點畏怯地看著冬犽。

「你還有什麼話要和我講嗎？」

封平瀾搖頭。

「你現在幾歲？」

封平瀾舉起四根手指，停頓了一下，換成五根。

過沒多久，眾妖下樓。冬犽把封平瀾早上說的話告知其他人，並提到他的再次退化。

「他的精神年齡又縮小了，而且時間更近。」冬犽擔憂地開口，「再這樣下去，很有可能沒多久就會歸零……」

「只好分兩路進行了。」百嘹提議。「反正契妖不受試煉的限制。我們去調查，其中一個人留下來陪他就好。」

「那麼就由我留下吧。」冬犽開口。

站在一旁默默聽著眾人討論的封平瀾，發出了一陣低鳴，然後跑向奎薩爾，像無尾熊一樣緊緊地抱住他。

「平瀾？」冬犽溫柔地問道。

「……我想要奎薩爾陪我。」細小的聲音從奎薩爾肩邊傳來。

「奎薩爾有事要忙，他是為了解開你的咒語才離開的。」

封平瀾用力搖頭，「我想要奎薩爾留下……」

「平瀾，可是——」

「我要奎薩爾！」封平瀾緊抓著奎薩爾不放，「我不要他離開！」

奎薩爾淡淡地看了封平瀾一眼，下一刻，整個人消失。

封平瀾看著空蕩蕩的雙手，瞪大了眼，接著開始放聲大哭。

「奎薩爾！奎薩爾不見了！奎薩爾啊！嗚嗚嗚嗚嗚！」

「別哭啦，他馬上就會回來的——」

「騙人！奎薩爾丟下我了！他不要我了！嗚啊啊啊——」

不管契妖們怎麼好言相勸，封平瀾就是不願停止，哭喊聲變得沙啞，雙眼也泛紅發腫。

冬犽嘆了口氣，「這樣他連學校也去不成。」

「要不要試試我的針？」百嘹笑著捻出一根細針，「睡了就安靜了。」

「別開玩笑了。」冬犽斥聲，「奎薩爾，出來吧。」

片刻，影子中浮現出一道頎長身影。

封平瀾一看見，立刻衝上前，再次緊緊抱住。

冬犽長嘆了一聲，「你還是留下吧，他就交給你了。」

奎薩爾看了封平瀾一眼，眉頭微蹙。

他不喜歡被人接觸，不喜歡被人纏著。

但這是唯一安撫封平瀾的方法。

說實話，他有些詫異。他以為幼童化的封平瀾會喜歡溫柔的冬犽，沒想到他卻選擇了自己……

在封平瀾心中，他究竟站在什麼樣的位置，扮演著什麼樣的角色？為什麼，會如此地在意與重視？

不知為何，他的腦中忽然浮現了雪勘皇子。那有著一身傲骨和雄心的小皇子。

雪勘從未如此任性哭鬧過。但他知道，雪勘皇子重視他。

因為他是幫助雪勘皇子，協助他拓展霸業、奪得皇權的重要將士。

那封平瀾呢？

他無法給封平瀾任何東西。為什麼封平瀾這麼在乎他？

夜晚。

新月比前一日更細了些，有如掉落黑色毯氈上的銀髮。

穿著雪白戰鬥服的學生們再次聚集。在鐘響時，紛紛踏上了紅色的魔法陣，抵達了位於東京的鳴海苑學園。

柳浥晨接到了冬犽的通知，知道今日只有奎薩爾會陪同封平瀾前來。雖然一口氣少了五個契妖，但見識過奎薩爾的能耐之後，她並不擔心。

封平瀾一路上都拉著奎薩爾的手，躲在奎薩爾身後，看起來相當內向畏怯而不安，和之前開朗聒噪的封平瀾截然不同。

穿越咒語後，出現眼前一個大廳的場景。

其他的學生全都消失，只有同隊的人和契妖在一起。

有幾名陌生人散落在大廳各處，有的坐在沙發上，有的則是倚柱而立，他們的年齡、性別各異，穿著打扮也不像是召喚師，但臉上都掛著不安與焦躁。

「你們剛才去哪了？」一名中年男子走上前，質問著柳浥晨等人。「凶手還在船上，在找到真凶以前，不要擅自行動。」語畢，折返回大廳中央，坐在沙發上。

「船上？」

柳浥晨感覺到地面微微晃動，她望向窗口，發現外頭是茫茫海洋，海上還飄著雨絲。

他們真的全都在一條船上。

「我受夠了！」大廳裡，一名女子站起身，「你們每個人都有嫌疑！我可不想和凶手待在一起！我要回房！」

「落單行動只會讓自己更危險！」另一名男子勸阻，「況且，大家都有不在場證明，凶手應該另有其人，說不定正躲在某個角落，趁我們疏於防備時下手。」

女子不理會，扭頭離開。

「這又是啥?」伊凡挑眉。

「類似實境遊戲。」柳浥晨解釋,「我們進入一個案件情境之中,得把這個戲裡的事件解開,然後找到旗座,才能離開。」

「從他們的對話聽來,好像是凶殺案。」蘇麗綰開口,「所以,只要找出凶手就好?」

「麻煩。」海棠不以為然地輕哼,「反正凶手一定在這其中。」

「所以?」

「把他們全部解決就好。」海棠抽出刀,走向坐在大廳的人們。

但他才踏兩步,身子就不能動。直到他把手放開,刀子掉落地面,才再度恢復自由。

「這裡有限制的咒語,不能做出干擾劇情的舉動。」柳浥晨抽出紙牌,丟到地面,也召不出巨槌。「妖力和咒語也被封印了。不可能開外掛,只能乖乖解謎了。」

一行人只好來到大廳中央,坐入沙發之中。

「你們剛才在討論什麼?」一名中年女子疑神疑鬼地詢問。

「我們在想,犯人可能是誰。」柳浥晨開口,「可以請大家把自己知道的事重述一遍嗎?說不定能從中發現線索。」

場內的人開始敘述。

這是一條開往關島的私人郵輪,船上的人都是船主邀請的賓客,賓客總共十三人,每個賓客和船主都只有一面之緣，對於船主的邀約感到驚喜又不解。

船主始終沒露面。

晚餐時刻，服務生前去其中一位賓客的房裡叫人，遲遲沒得到回應，開了門後，發現賓客已慘死在客房之中。

「死亡時間是晚上五點，死因是被利刃刺中心臟當場死亡。」一名斯文的中年男子開口。「奇怪的是，房間是從裡頭反鎖的，外人無法進入，凶手究竟是怎麼辦到的……」

眾人大致了解情況。

與外界隔絕的船艙，發生了神祕的殺人案，凶手必定還在船上，只是沒人知道是誰。非常老派傳統的密室推理。

「按照慣例，凶手一定在這些人之中嘛……」伊凡翻白眼。

扣除掉封平瀾一行人，賓客、服務生和船長共有八人。這八人之中，哪一個才是凶手？

若是以往，當眾人還在迷茫時，封平瀾已找出端倪，看出真相。但這位唯一能看透真相的名偵探，如今卻變成了個外表看似少年、智慧卻低於常人的小孩。

「啊！」

尖叫聲再度響起，是剛才那個離席的女人發出的。

眾人趕過去，發現女子的房間地板有一灘血，但她本人卻不知去向。

「快去分頭找！」斯文的中年男子下令。「我走這邊，其他人到另外的樓層搜索！」

眾人立即照辦。海棠和伊凡的臉上都掛著不耐煩的表情。

「煩死人了，這齣戲要演到什麼時候啊……」伊凡抱怨，「我們可不可以去房間休息，等凶手把所有人都殺光之後再出來解決他啊？」

「那樣就算任務失敗了。」

一行人在樓層裡晃了一圈，沒發現任何東西。這時，樓上傳來驚慌大叫的聲音。

匆匆趕去時，發現女子正渾身是血地躺在走廊地板上。

「我趕來時，她已經死了。」斯文的中年男子開口。

「一樣是被刺傷嗎？」

「這個得等驗完屍之後才能告訴各位。」斯文的中年男子蹲在屍體旁，腳邊放了個手提包。他從包中拿出一些金屬醫療器具，觀察屍體一番，拿出壓舌板，伸入女子的嘴中，「她嘴裡有東西……」

接著他拿出醫療用金屬夾，伸入口中，將異物取出。

是一枚戒指。

「有人見過這東西嗎？」

「那是船主的戒指！」服務生指認。「我整理他的房間時見過。」

「看來，凶手就是船主。他邀請我們，就是想把我們一一殺害……」斯文的男子凝重開口，把器具放回自己的手提袋中。

「真是老套……」伊凡翻白眼。

「他是醫生？」柳浥晨詢問一旁的中年男子。

「對。死亡時間和死因就是由他鑑定的。」

封平瀾看著屍體，眉頭皺起，躲到奎薩爾身後。

斯文的男子看見封平瀾的反應，溫柔地開口，「你不舒服嗎？要不要我幫你看看？」

封平瀾盯著對方，沒有開口。

男子笑了笑，轉身離去。

封平瀾一直用著怪異的眼光看著對方，臉上帶著困惑。

「怎麼了嗎？」柳浥晨詢問。

「他是醫生嗎？」

「為什麼這樣問？」

「因為他沒有穿白色的外套，也沒有戴聽心臟的東西。」

「醫生不是隨時都穿著白袍、戴著聽診器的。」柳浥晨笑著解釋。

「那他為什麼要隨時帶著看病的工具？」封平瀾小聲反問，「而且，他沒把用具洗乾淨就放回袋子裡。巧虎說過，那樣會有很多細菌……」

眾人聞言，腦中靈光一閃。

的確，很少有醫生會在下班後穿著白袍，就像很少有醫生會在出外旅遊時帶著整套診療器具。

感覺是刻意要塑造出醫生的專業形象，取信於人一樣。

「所以，他可能根本不是醫生囉？」蘇麗綰猜測。

「有可能就是犯人。」柳浥晨直接下結論，「因為偽裝是醫生的話，就能謊報死亡時間，為自己製造不在場證明。他如果不是犯人，沒必要大費周章。」

「那密室呢？密室是怎麼辦到的？確切的死亡時間又是何時？」伊凡追問。「我們如果沒有確切證據的話，也沒辦法直接指認凶手吧？」

「這你倒不用擔心。」柳浥晨拍了拍宗蜮，「我們有真正的專家。」

三十分鐘後，封平瀾一行人返回大廳。

蘇麗綰直接走向醫生，趁對方不備時拿出繩索，瞬間以華麗的結繩將對方綑綁束縛。

「幹什麼！」醫生想從座位中站起，但被柳浥晨一腳踹回。

「第一個死者是中毒身亡的，她房裡的酒杯測出毒物反應。死亡時間應該是四點，那時唯一沒有不在場證明的人，就只有你。」柳浥晨不多贅言，單刀直入。

「妳怎麼知道！妳又沒有證據！」

柳浥晨彈指。

宗蜮直接把從冰庫裡拖出的屍體甩到桌面，指著屍體的嘴。

「失去的血大部分是從嘴裡吐出的，心臟上傷口血量極少，是在死者死亡之後刺的。」

宗蜮割開死者喉嚨，「你看，這裡有被藥物侵蝕的痕跡，用的是砒霜，非常古典吶……嘻嘻嘻……」

眾人紛紛撇頭。

「那第二個死者呢？她發出慘叫時我可是和你們在一起！」

「她房裡地板上的血是雞血，在這種時刻，任何人一回房看到一地血跡都會尖叫。然後我們在垃圾筒裡發現這個。」柳浥晨秀出一張寫著血字的紙條，「你在上面寫說『知道真相的人活不長』，她是唯一猜測凶手在我們之中的人，看到紙條自然想逃往上層的房間，遠離大廳。你刻意指使我們往其他地方找人，就是想要趁一個人時下手。好了，謎底揭曉，凶手就是你。」

其他乘客紛紛發出不可置信的驚呼。

「怎麼可能？」

「為什麼?!」

醫生沉默了片刻，突然仰頭大笑，「很好，非常了不起……」接著，他以滄桑的口吻開始陳述，「但你知道我做這一切是為了什麼嗎?是復仇!二十年前……」

柳浥晨等人沒興趣，轉身離開大廳，任由真正的演員把戲演完。

一行人在船艙內繞了幾圈，但始終無法離開。

「都破案了，怎麼還在這裡?」

「要找到插旗的地方。」柳浥晨握著被咒語縮小的旗幟，左右張望，「你們有看見旗座嗎?」

眾人搖頭。

「那旗子要插哪啊?」

「會不會是要插在屍體上……」宗蜮猜測。「屍體胸口的那個洞，說不定就是拿來安放旗竿的……」

「哪這麼獵奇!不是每個人都和你一樣啦!」

封平瀾拉了拉奎薩爾，指了指旁邊的餐廳。

「那個……」

所有的人順勢望去，發現餐桌上擺著豐盛餐點。船上預定的晚餐時間被凶殺案給打斷，故而無人進餐。

「你餓了嗎？」柳浥晨詢問。

封平瀾搖頭，指了指桌面。

桌面上，放著主餐的牛排。每一客牛排上，都插著支小旗子，只有其中一份沒有旗。

眾人互看了一眼，「有可能嗎？」

「不知道。」柳浥晨走向餐桌，「試試看吧。」

當她把小旗子插在肉上的時候，牛排肉發出光芒，在桌面旁開出一道光門。

「真是胡來！」伊凡忍不住吐槽。

一行人穿過光門，返回到曦舫的校區。

柳浥晨這一組是第一個抵達的。他們組別的排名瞬間提升到前二十，但距離冠軍還有一段路。

當晚，奎薩爾和封平瀾回到住處時，冬犽等人還在外頭調查沒有回來，看來尚未有結果。

奎薩爾曾試圖甩開封平瀾，但只要離開一下，對方就會大哭。他一度想置之不理，但在他想放手離去時，封平瀾已陷入夢鄉。

他低頭看著睡著時仍緊抓著自己的封平瀾，想起之前封平瀾要他離開、不用他陪伴的表情。

原來他也會哭鬧……

是什麼原因讓他不再哭鬧?不再抓取想要的東西?

第三日的試煉，是在關島影校進行。

跨出通道後，眾人進入一個上下左右都布滿玻璃的房間。鏡子互相輝映，影像交疊，重複出無限的相同鏡相。

每個小隊被區隔開，空間裡只有自己同隊的隊友。

「這關是要幹什麼啊?」伊凡左右張望，看著四方的鏡面，對著鏡子吐舌。

忽地，鏡中的他做出了和本尊不一樣的動作。

「啊!」

下一刻，鏡中的分身紛紛踏出鏡面，開始本尊以及其他隊友展開猛烈攻擊。

「喂!小心點!我是本人!」海棠閃過柳浥晨的攻擊時怒斥。

「抱歉我分不出來!」柳浥晨開口，「他們會複製我們的招式和言行!」

「是我!不要過來!」

「我怎麼知道你是不是你!」海棠反問。

「只有本尊知道哪個是自己。」宗蜮淡然開口，同時割開了另一個宗蜮的胸膛，「所以，只要把自己以外的自己全都消滅，剩下的就是真身了……」

「你這麼有把握？」

「反正，會被複製品打敗的本尊，就沒有存在的必要了……嘻嘻！」

「算你狠！」柳浥晨冷笑，同時將槌子打向正在攻擊蘇麗綰的自己。

所有的隊員都陷入苦戰，與自己的分身對打。奎薩爾也是，被七、八個和自己擁有相同面孔的人包圍。

奎薩爾揮刀應戰，對方也使出了一樣的招式，朝他砍來，其中一人甚至召出了影子，大片的影子朝他撲來。

奎薩爾面不改色，任由影子將自己包圍，捲起。

下一秒，覆蓋在他身上的影子向後退，像是被拉扯下的黑布一樣。

地面上，更深更濃的黑影，正在捲噬著那些仿冒的影子。

奎薩爾的分身們再度朝他攻擊，他只閃躲，並沒有主動攻擊。分身喚出了雷電，數道閃光擊打在奎薩爾身上。

光塵散去，奎薩爾依然面不改色。

是很像……

但並不是完全一樣，而且——

他舉起雙刀，旋舞揮斬。

所有的「自己」同一時間頓住了動作，接著身首異處，倒地，化為煙燼。

實力差得遠了……

奎薩爾回頭，看見一整群的封平瀾正握著拳頭，像小孩子一樣互相捶打。

「好痛！」

「你是假的！」

「你才是！」

「啊！你咬我！」

分身是複製本尊而來，因此能力和行為都與本尊相似，但具有本尊所沒有的攻擊性。一群封平瀾雖毆打成一團，但實際上，彼此間沒造成什麼嚴重傷害。

奎薩爾看著這一群封平瀾，眉頭微蹙。

哪一個才是真的？

每一個都很弱，每一個都像小孩，他要如何從中分辨而不誤傷本體？

封平瀾們看見奎薩爾，一擁而上。

「奎薩爾——」

「奎薩爾他是假的！」

「奎薩爾救我！」

奎薩爾盯著封平瀾們，他完全認不出哪一個才是真正的封平瀾。雖然他能夠把他給封平瀾的影刃做為指認的工具，但方才那陣扭打之中，說不定影刃的墜子被掉包或扯下，這方法有風險……

奎薩爾沉默了片刻，接著，遁入影中，消失。

「奎薩爾走了！」

「都是你害的！」

封平瀾們開始吵鬧，接著開始揮拳互毆互鬥。

只有一個人，動也不動地站在原地，號啕大哭了起來。

「奎薩爾——」封平瀾大哭，淚流不止，「不要丟下我！奎薩爾！嗚嗚嗚嗚嗚！」

拳頭落在他身上，他也不還手，只顧著慌亂地在場中找尋著奎薩爾的身影。

下一刻，互鬥中的封平瀾齊聲發出慘叫。影子抓住了他們，並在他們每個人身上都刺出了個窟窿。

封平瀾們紛紛倒地，只剩下那哭泣中的封平瀾，錯愕地看著眼前的場景。

奎薩爾自影中現身，封平瀾立即衝向前，撲到他身上，緊抱住他。

「不可以走掉……」

封平瀾抽咽，低語。

奎薩爾淡然地將封平瀾從自己身上推開，只讓他抓著自己的手。

第三試煉相較之下容易不少，但是有許多隊伍在過程中誤傷自己的隊員，因傷情反而比前兩關來得慘重。

當天晚上，冬犽等人仍舊沒歸返。

次日早晨，柳浥晨和百嘹通了電話，得知他們的所在地之後搭車前往，在下午時分，來到了紳士怪盜最後一個犯案地點的城市，和冬犽等人會合。

百嘹已先用暗示咒語支開屋主，一行人直接進入屋中，做地毯式的搜查。

「調查的怎麼樣？」柳浥晨站在主臥室門邊，詢問。

冬犽搖搖頭，望向璁瓏握著的追蹤儀，嘆了口氣。

「完全沒反應。」

他們去了每一個犯罪地點。有些地方已經人去樓空，有些地方已經換了房客，即便是維持原樣的屋子，裡頭也已找不到任何相關線索。最重要的是，他們沒第一時間看到犯罪現場，沒有經歷過之前的追捕，因此對於那些案例，完全像隔靴搔癢一樣，看不到問題點。

最後，他們返回了先前與紳士怪盜交手的地方，回到他們熟悉的案發現場進行調查。可是，仍然一無所獲。

柳浥晨繞了屋內一圈，發現一枝插在花瓶裡嬌豔綻放的花朵。花瓣有著淡雅而優美的漸層色彩，粉嫩的表面隱約可見纖毛和紋路。

「這季節也有蓮花呀。」她挑眉。

「那是假的。」冬犽解釋，「紳士怪盜留下來的。」

「是喔。竟然敢把跟蹤狂送的東西留下，還挺大膽的嘛。」柳浥晨笑了笑。

不過，她可以理解為什麼對方沒把花扔掉。

雖然是假花，卻做得非常美，栩栩如生，甚至比真正的花朵還要迷人。

女生是不會隨便丟掉漂亮東西的。所以有不少女人會留下前男友送的禮物，不是出於戀舊，而只是單純地出於實用目的或是虛榮心。

她看著璁瓏拿著探測儀，焦躁地來回踱步。忽地，她想起前天的試煉，靈光一閃地浮現了個假設。

「追蹤咒儀……在這屋子裡沒有探測到『任何』反應嗎？」

「是啊。」璁瓏沒好氣地開口，「要不是它對那本詩集有反應，我真懷疑那個胖子是不是拿瑕疵品給我們。」

「既然這樣……」柳浥晨抽出放在花瓶裡的假花，走向璁瓏，「這是紳士怪盜留下的東西，為什麼追蹤儀沒有反應？」

眾人愣愣，如夢初醒。

「詩集和追蹤咒儀都在封平瀾身上，會不會是因為紳士怪盜已經事先動了手腳，所以他才不帶走呢？」柳浥晨說出自己的推想。

璁瓏憤怒地把追蹤儀砸往地面。瓶身破掉後，爆起一陣小小的火花，然後是清新的香氣。

冬犽彎腰，嗅了嗅，「這是綠茶的味道。」

「綠茶？我就知道那個死胖子給我假貨！」璁瓏惱怒。

柳浥晨輕笑，接著打了通電話給宗蜮，「我問你，追蹤咒儀裡裝的液體是什麼。」

「是屍油。」

「屍油是什麼味道？是否會有綠茶的香味？」

「……當然不是……比較像是水溝的腐臭味道……」

柳浥晨掛上電話。

「顯然我們都被紳士怪盜給耍了。」她回想著上次去詩歌賞作同好會調查的情景，「同好會的人說，他們的社辦裡出現了聞起來像堆肥一般的腐臭味，說不定就是屍油的味道。」

「惡臭出現的時間，正好就是封平瀾遇襲的隔日。」璁瓏接著開口，「原本的追蹤儀可能已經在那裡被破壞了，那間社團果然有問題！」

「快點回去！」

一行人火速撤退，使出妖力趕回曦舫。柳浥晨本想施出翔風咒，但被百嘹制止。

「太慢了。」他笑了笑，「要不要搭便車呢？」

柳浥晨挑眉，刻意笑著刁難，「不是高級的車我不坐。」

「行。」百嘹一手搭住柳浥晨的腰，接著一個使力，將她側抱而起。

柳浥晨並未因此而害羞臉紅，反而挑釁地勾了勾嘴角，「就這樣？挺寒酸的吶。」

「這個位置，通常要預約多兩個月才會排到呢。」百嘹笑著開口。

「好吧，聽起來是高級一點了。」柳浥晨笑了笑，拍拍百嘹的肩，「走吧，馬伕。」

「是的，大人。」

一行人在半小時之內抵達曦舫，告知殷肅霜調查結果。殷肅霜聞言，立即調出社內學生的住宿地址。四名社員都住在不遠的城市，他派出教職員前往調查。約在傍晚時分，得到了消息回報。

「歌蜜和葉珥德說，那四個學生都被下了暗示。」殷肅霜開口，「那些咒語和封平瀾身上的咒語有著相同的印記。有了前車之鑑，他們不敢貿然行事，但已將學生們帶回調查，正在路上。」

「既然社員都被下咒，那就問不出所以然了……」冬犽沮喪地低下頭。解開咒語也得花不少時間，封平瀾可能撐不到那時。

百嘹看著放在桌上的詩集，轉了轉眼，「我知道有個入社後從不參加活動的傢伙，或許能問出些消息……」

白理睿的手機鈴聲響起。他拿起手機，上面顯示的來電者是希茉。他喜出望外地立刻接通。

「夕安，連續的假期是否讓妳想念起我？」

「沒有喔。」百嘹的聲音從話筒彼方傳來。

「怎麼是你！為什麼要用她的手機打來？」

「因為之前打去你都不接啊，小色胚。在忙什麼？小心別得到腕隧道關節炎。」百嘹調侃了幾句，接著切入正題，「有幾件事想要向你確認一下。」

「什麼事啊，不能等放假後再講嗎？」

「你從詩歌賞作同好會拿來的詩集是誰的？你曾看過社內哪一個成員讀過它嗎？」

「你打來就是要問我這個？」

「這很重要，快點回答。」

「那本詩集已經放很久了，社內的書社員都未必會去閱讀，他們比較喜歡自我創作。」

「那社上有什麼異常的地方？有沒有哪個人自我感覺良好，無病呻吟，活在自己的幻想之中，或者常妄想自己是萬人迷？」

「詩歌賞作同好會裡每個人都符合你說的特徵。」

「那你——」

「我現在很忙。」白理睿打斷了百嘹的問題，「你既然有這麼多問題，為何不去問顧問？」

「顧問？」百嘹詫異，「詩歌賞作同好會有顧問？」

「有啊。」白理睿感到不耐煩，直接把自己知道的資訊說出，「他好像是社員自己找來的，不是正式員工。顧問的工作是開咖啡車到處販售，店名叫沐月之蓮。我覺得同好會之所以會找他來，是因為他會送免費咖啡給社員。」

「他一直都會來學校參加社團活動？」

「至少到上週還有。」白理睿非常確定，「因為他只要一來，停車場就會有咖啡車，非常顯眼。」

「那要怎麼找到他？」

白理睿沒好氣地哼了聲，「上網搜尋啊，原始人。他有粉絲專頁，按讚或打卡的話可以免費得到一杯咖啡。我個人比較推薦香草拿鐵——」

「謝了。」百喙掛上電話。

「怎麼樣？」眾人緊張地追問。

「先讓我按個讚……」百喙邊說邊滑著手機螢幕，鍵入關鍵字搜尋。畫面上立刻出現一個粉絲專頁的頁面，大頭照是一朵蓮花。

「喝下午茶的時候到了，呵呵。」

夜晚。

天空無星無月，僅剩下純粹的黑。

最後一個試煉開始。

跨過最後一個結界之後，封平瀾發現自己來到了一間寬敞的空教室裡，正中央放著一張桌子和一張椅子。

教室只有他一個人。其他的隊友和契妖都消失不見了。

封平瀾緊張地左右張望，接著他走向桌子。桌上放了幾張考卷，他翻了翻，上面的東西他完全看不懂。

強烈的不安和委屈感浮上心，他開始抽泣。

「別哭。」

低沉的嗓音傳來，像是來自極遙遠的彼方。

「奎薩爾！」封平瀾驚喜地左右張望。「你在哪裡？」

「附近。」

他和其他契妖被隔離到了另一個空間，但透過影刃的墜子，他感覺得到封平瀾的位置，因此只能透過影子潛入試場。

果然如他所預料，封平瀾正在試場裡號啕大哭。

他不懂自己為什麼要這麼做，但當他一想到封平瀾放聲哭泣的樣子，內心便有一種不太愉快、不太自在的感覺……

「我想離開這裡……」封平瀾吸了吸鼻子。「這裡好奇怪，都沒有人……」

「這一關是筆試，沒有戰鬥。」

「喔。」

封平瀾乖乖坐入位中，努力地看著考卷，但腦子裡一片空白。

「我什麼都不會……」

「無妨，等時間到了你會被送返。」

「我什麼都不會……」封平瀾說著，眼淚再度落下，「奎薩爾會不會生氣？」

奎薩爾沒回應。

「你會不會不理我？會不會把我丟下？」封平瀾繼續追問，「因為我這麼沒用……」

教室裡，一時間只有封平瀾的抽咽聲。

忽地，低沉的嗓音再次響起。

「……不會。」

封平瀾停頓，「什麼？」

他感覺到頸上的墜子在發熱，他伸手緊緊地握住，就好像牽著奎薩爾的手一樣。

「目前我不會丟下你。」

他沒有說謊。他還需要和封平瀾之間的契約，讓他留在人界，找到雪勘皇子。

僅此而已。

「不、不可以騙我喔……」封平瀾揉了揉眼睛，小聲地輕語，「我知道你們會離開，我一直都知道……可是一定要跟我講，不可以突然跑掉，帶著所有人跑走……只留下我一個……」

奎薩爾沒回應。

「你如果討厭我也要跟我說，我會改，我會改的……」封平瀾打了個呵欠，趴在桌上，「不要像靖嵐一樣丟下我……」

黑暗中的人，沉默了良久。

「……我會陪你。」

封平瀾的臉上綻開笑顏，「太好——」

話語驟斷。

封平瀾的身體開始縮小，一瞬間變回了幼童的身體。但是這次他沒有再嘔吐，臉上一片茫然，像是空洞的人偶。

「封平瀾？」

奎薩爾感覺到異狀，但他無法現身。

運行中的咒語，停滯。

終止。

奎薩爾感覺到封平瀾的心跳變得非常微弱，弱得幾乎無法探得到。那一瞬間，他明確地感到，自己的心臟也被狠狠地揪了一下。

這是什麼？契約主瀕死時會有的疼痛嗎？

明明沒有任何損傷，為什麼，會如此令人難受……

地面上的影子開始扭曲，奎薩爾破壞了層層防禦與屏蔽的咒語，來到了封平瀾所在的空間。

他低頭，看著趴在桌上的幼小身影。接著，緩緩地伸出手，推了推那軟軟的手臂。

「……起來。」奎薩爾對著桌上的人影，低聲命令。

但是，那睜著眼睛的小小身軀，動也不動。

「……起來。」

回應他的，依然只有沉默。

奎薩爾感到一陣憤怒。

他不曉得自己為了什麼理由而發怒，為了誰而發怒，他只知道，他不想看到這樣的局面。

「我叫你起來！」奎薩爾勃然，發出了怒吼。

他很少失控。上一次失控，是雪勘皇子落入滅魔師手裡時，他卻無能為力，因此發出了痛苦與自我厭惡的哀鳴。

這一次，他依舊無能為力，但面對的人卻只是個無足輕重的人類。

他將手放在封平瀾的小手上，過去幾天那隻抓著自己不放的小手。

回來吧。

我會陪你……

掛在封平瀾頸上的墜子微微地閃動。

下一刻，奎薩爾感覺到自己的掌心在發熱。一股溫熱而無形的能量流，從他的手心，流向了那逐漸冰冷的身軀中。

短暫熄滅的生命之火，在得到了能量之後，漸漸復燃，緩緩萌發。

圍繞在靈魂上的咒語同時也得到了能量，再度發動，但是，卻像卡住了的齒輪一樣，想要向前運轉，但卻無法動彈。咒語持續發動，想要向前運轉，但是前方卻是懸崖。它掙脫了阻力，向前推移，最後落入了虛無之中。

在黑暗裡崩碎瓦解。

夜幕低垂。

市內社區公園旁，停著一臺咖啡車，散發著濃郁的香氣。車身的雨蓬上，寫著「沐月之蓮」四個花俏的字體，旁邊還畫著蓮花與月亮的圖騰紋樣。

戴著粗框眼鏡的岳望舒，悠哉地收拾著東西，準備打烊。

忽地，他感應到一陣異常的波動，就像是被拉斷的橡皮筋彈到了手。

解開了？

不錯嘛，看來那些召喚師裡還是有些人才。

他沉思了片刻，感受那剛剛接收到的觸感。

不對。感覺不是被解開，而是執行錯誤而自我分解……

「老闆，我要點餐。」輕佻的嗓音從一旁響起。

「抱歉，已經打烊囉——」

岳望舒轉過身，在看見來者時臉色一僵。

他正打算回擊，但墨里斯更快一步，直接上前箝制住他的雙手，同時一掌扣住了他的咽喉。

「我們見識過你的能耐，知道你會使一些古怪的咒語。所以這次直接硬碰硬，用這樣的方式限制住你的行動。」墨里斯獰笑，「不要妄動，我能在瞬間捏碎你的喉嚨。」

「開著咖啡車到處巡迴犯案，你真的很有閒情雅致。」百嘹輕笑，「我該怎麼整治你呢，怪盜先生？」

「好好好，算你們厲害。」岳望舒投降。面對這樣的肉搏戰，他也沒辦法。

「立刻把你施展的幼化咒語解除。」冬犽站到岳望舒面前，他的手中握著風刃。

「啊？」岳望舒不解，「不是已經解開了嗎？」

風刃劃過，岳望舒的臉上多了一道血痕。

「我是說真的啊！」岳望舒喊冤，「不信的話你自己確認！」

冬犽看了百嘹一眼，百嘹拿出手機。

「哈囉！百嘹嗎？」爽朗的笑聲從電話彼端傳來。

「平瀾，你沒事？」

「沒事了！最後一次變小之後沒多久我就變回來了。」封平瀾開心地說著。

封平瀾醒來時，教室裡只剩他一個人。奎薩爾發現封平瀾變回原貌，並且無生命危險後，便潛入影中。

封平瀾抓了抓頭，有點搞不清楚狀況，但當看到黑板上寫的「作答時間九十分鐘」和桌面上的考卷時，立刻會意，拿起筆，快速作答。

百嘹笑了笑，「第四試煉結束了？結果如何？」

「七十分。」封平瀾嘿嘿笑了兩聲，「因為時間不夠，所以只寫了七成，哈哈！你們在哪裡？什麼時候回來？」

「馬上回去。」百嘹掛上手機，看了岳望舒一眼，「算你識相。」

「你的咒語連瑟諾都解不開。」冬犽看著岳望舒，不解，「以你的能耐，為什麼你要去做這些無聊的事？」

「這叫生活情趣。」岳望舒笑了笑，「成為吟遊詩人和俠盜一直是我的夢想。」

「你的契妖呢。」璁瓏詢問。

「出去執行任務，還沒回來。」

「說不定是去搬救兵。」

岳望舒聳了聳肩。「至少他現在不在。」

「你身為不從者，為什麼還刻意潛入曦舫？你是怎麼避開那些結界的？」

「問這麼多做什麼呢？這是審判官的職務吧。」岳望舒嘆了聲，「反正你們逮住我了，要怎麼處置就快點動手吧。」

見岳望舒沒有招供的意思，眾妖們互看了一眼。

確實。他們的任務只是抓人而已。犯罪動機和犯案手法什麼的，與他們無關。

希茉、百嘹和冬犽在岳望舒身上下了數道禁制束縛的咒語，為了以防萬一，還縛上了繩索，才將他押送到雅努斯。

「哇！不錯嘛。」蜃煬看著被綑綁僵躺在地的岳望舒，笑著拍了拍手，接著抽出支票，「這是你們的獎金！」

冬犽接下支票。

「等會兒協會中央的警司就會過來接收他們囉。」蜃煬有意無意地提醒。「你們想要當面把逮捕過程敘述給他們聽嗎？說不定會編入教科書裡喔！」

「不用了。」他們可不想和協會的人碰面。

「拜拜！有空常來呀！」

蜃煬揮手送別。

等到眾妖離去後，他望向躺在地上的岳望舒，「人都走了，你要裝叉燒到什麼時候？」

被重重咒語束縛而無法動彈的岳望舒直接坐起身，動作流暢得絲毫不像被限制。

「好累，一路上要假裝被鎖住動彈不得，麻煩死了。」他坐入椅中，伸展著筋骨。蜃煬抽出小刀，幫他割開繩索。

「他們發現了多少？」

「什麼都沒有。」岳望舒得意地笑道，「他們始終以為我是個召喚師呢。」

「那麼，」蜃煬笑問，「你的『契妖』呢？」

「扔了，上次行動時就被弄破啦。」

「真可惜。這次是去哪弄來的？」

「網拍。」

那夜，他喚來的契妖其實是充氣人偶，一開始就放在預藏的位置，逃亡時才召出，營造出被契妖解救的畫面。

他根本不需要契妖。妖魔的咒語對他沒用，他的能耐遠遠凌駕於妖魔之上。

「壞了也沒差。我看它很便宜，照片又拍得很漂亮，沒想到送來的東西像鬼。」岳望舒抱怨。

「還是可以使用呀，關上燈又看不出差別，頂多用完之後會潰爛。」蜃煬坐回座位，拿出了個物品，「這樣你可以用怪盜美少女的身分活動呢。」

「少胡說了！我才不用那種東西！只是買來觀賞而已！」岳望舒瞪了蜃煬一眼，「說吧，這次你又想要什麼。新的電玩機臺嗎？」

他和蜃煬很早就認識了，蜃煬也知道他的身分。他不是不從者，而是未被協會網羅到的滅魔師。他原本只是個平凡人，在偶然的狀況下發現了妖魔的存在，發現了世界的另一面，同時也發現了自己不為人知的能力。

他一直和蜃煬有聯繫，互相交換情報，索取代價。他會潛入曦舫也是蜃煬的建議。曦舫有很多的召喚師和妖魔，在那裡，他可以發揮天分，收集更多的「能力」。

而他之所以會以紳士怪盜的身分出沒，一方面是為了引來更多更厲害的召喚師與契妖以發揮他的能力，另一方面則是出於單純的興趣。

他一直很崇拜小說裡的俠客和怪盜，從小便夢想自己有一天能成為風度翩翩又帥氣瀟灑的俠盜。

他知道自己的行為荒謬愚蠢，但也因為這愚蠢的言行，協會始終沒有正視他這個犯罪者，只把他當成是精神異常的三流召喚師。

「才不要。上次你寄給我的遊戲超難玩的，我想盡辦法揣測討好那些臭三八，結果還是過不了關。」蜃煬趴在桌面上，看著放在桌上的小魚缸，缸裡有兩條紅色金魚、水草，還有一個造景用的小屋。

「怎麼會！那款遊戲明明就很治癒！」

蜃煬伸出一隻手，把遊戲機推到岳望舒面前，「那你就幫我搞定它。」

岳望舒無奈地接下遊戲搖桿，站在電腦前，開始進行遊戲。

「說真的。」他一邊盯著螢幕，一邊開口，「你沒想過要逃出去嗎？」

「我一直都想呀。」蜃煬盯著魚缸，回應，「只是有時候不是光靠想就能辦到，還要自己推波助瀾一下，哈哈哈……」

岳望舒嘆了口氣，「你這次又幫了我，你想要什麼，我會盡力幫你的。」

「這次你不用給我東西……」蜃煬笑了笑，看見魚缸裡的小魚由紅轉黑，「因為我要拿你去換獎品。」

接著，他把桌上的小魚缸向前推。

魚缸砸落地面，擺在裡頭的裝飾小屋瞬間變為一人高。小屋的門扉由內而外開始，一個穿著黑色大衣的人緩緩走出。

岳望舒察覺不對勁，伸手召出兩道風刃，朝著對方襲去。那是方才冬犽使過的招式，此刻原貌重現。

風擊中了對方的身體，卻沒有造成任何損傷。

岳望舒再度出招，連續拋出數道束縛鉗制的咒語，那些都是百嘹等人在押送他時施加在他身上的。

這些咒語捲上男子，片刻，咒力震了震，便淡化鬆脫。男子輕輕一撢，像是拍灰塵一樣，將之掃去。

男子咧嘴一笑，「這就是能複製妖魔能力的滅魔師呀……」

岳望舒發現對方的臉孔極為怪異，有種不自然的浮腫扭曲，像是剛整型完的人。

「你通報了警備隊的人？」他質問蜃煬。

「沒有喔。」蜃煬呵呵笑了笑，「警備隊的人早就來了，他們現在正在冰櫃裡睡覺呢。」

岳望舒震驚，「為什麼出賣我？」

蜃煬輕笑，「我從未站在任何一方喔。」

岳望舒不安地看向男子，「……你會殺了我嗎？」

「當然不會，」男子輕笑，臉部變得更加扭曲，「你是很棒的人才，我們不像協會那樣狹隘，你會有很多機會發揮你的長才。」

黑衣男子低誦了聲咒語，黑色的霧將岳望舒捆起。男子接著伸手覆上自己的臉，皮膚隨即脫落，露出了另一張面孔。

「易容的妖魔前陣子被逮捕，他留下的面皮也不敷使用了，我需要新的身分。」男子將手伸入岳望舒的口袋中，拿出那張半截式面罩，「我會以紳士怪盜的身分，代替你活動的。」

語畢，男子笑著將面罩戴上自己的臉。黑色大衣的袖口上，有枚嵌著獅頭的松綠石袖釦。

「今天沒帶小少爺一起行動呀？」在男子離去時，蜃煬笑著詢問。

「他在家裡休息……」男子冰冷的嗓音裡，出現了明顯的溫柔。

「祝他早日『康復』囉。」蜃煬笑著揮揮手，「代我向三皇子殿下問好。」

Epilogue

冰・裂

當冬犽一行人趕回曦舫時，正好是試煉的結束典禮。

中庭內立起了四面高牆，上頭公告著曦舫學園所有學生的分數與排名，以及總分第一名的隊伍。試煉的總冠軍是傑拉德所屬的團隊，他雖然在第一試煉中被搶走旗子，但是在接下來的幾個試煉裡，整組成員表現得都相當穩定且優秀，分數平均下來，奪得了冠軍。

封平瀾等人所屬的隊伍落到了第十三名，主要原因是被封平瀾拖累了平均。不過，無人對此發出怨言或苛責。

「可惜，錯過了冠軍。」百嘹站在柳浥晨背後，看著榜單輕嘆。

「無所謂。」柳浥晨不以為然地聳了聳肩，「反正，玩得開心就好。」

在第二關裡，她以為完全派不上用場的封平瀾，卻是解開謎團的關鍵。為此，她突然產生了感慨。不管拿的是一手好牌還是爛牌，也無法保證最終輸贏成敗。既然如此，不如樂在其中吧。

上半場學園祭，就此結束。

回家的路上，契妖們陪著封平瀾走向校門口。璁瓏邊走邊向封平瀾分享著逮捕紳士怪盜的經過。封平瀾聽得驚呼連連，不斷拍手。

「好厲害喔！竟然有辦法找得到他！」

「還好啦。」璁瓏得意地哼聲。

「又不是靠你找到的，你得意什麼？」墨里斯不以為然地開口。「你只是像潑婦一樣把追蹤咒儀砸破，除此之外沒有任何用處。」

「少囉嗦！你這愛撫飛蛾的變態！」

回到家後，封平瀾躺在床上，回想著整個事件的經過。

第四試煉時，最後一次變身所發生的事他全部都忘了。但是，在印象中，他隱約記得，有個低沉的聲音陪伴著他，帶給他安全感。

疲憊感與睡意襲來，身體和精神經歷這幾日的劇烈變動後，已不勝負荷。他打了個呵欠，意識開始朦朧。

房內的角落黑影晃動，接著立起一道頎長人影。

「奎薩爾？」

封平瀾躺在床上，眼睛渙散地看著來者。他想起身確定是不是看錯，但他的肉體不受意志控制，癱軟無力。

奎薩爾靜靜地站在床邊，不發一語。

封平瀾再度打了個呵欠。

「奎薩爾是來陪我的嗎，哈哈……」

奎薩爾看著封平瀾，等著他下一句話。

「我已經沒事了啦……你忙的話，可以不用待在這裡……」

奎薩爾沒有反應，但口裡微微發出了聲幾乎聽不見的嘆息。

封平瀾勉強眨了眨眼，撐住意識。

「奎薩爾……還有事嗎？」

奎薩爾舉起手，伸向封平瀾的頭，揉了揉。

「你忘了這個……」

封平瀾瞬間瞪大了眼，睡意全消。

他猛地彈坐起身，左右張望，想確定自己是否出現幻覺。

屋內沒人，只有他一個。

是夢嗎？

——《妖怪公館的新房客05》完

藍旗左衽

高寶書版集團
gobooks.com.tw

輕世代 FW155
妖怪公館的新房客05

作　　者　藍旗左衽
繪　　者　譔
編　　輯　謝夢慈
校　　對　林思妤
美術編輯　林家維
企　　劃　林佩蓉
排　　版　彭立瑋

發 行 人　朱凱蕾
出　　版　英屬維京群島商高寶國際有限公司臺灣分公司
　　　　　Global Group Holdings, Ltd.
地　　址　臺北市內湖區洲子街88號3樓
網　　址　www.gobooks.com.tw
電　　話　(02) 27992788
電　　郵　readers@gobooks.com.tw（讀者服務部）
　　　　　pr@gobooks.com.tw（公關諮詢部）
傳　　真　出版部　(02) 27990909　行銷部 (02) 27993088
郵政劃撥　50404557
戶　　名　三日月書版股份有限公司
發　　行　三日月書版股份有限公司/Printed in Taiwan
初版日期　2015年8月
十刷日期　2019年2月

國家圖書館出版品預行編目(CIP)資料

妖怪公館的新房客 / 藍旗左衽著.-- 初版.
-- 臺北市：高寶國際, 2015.08-
　冊；　公分. --

ISBN 978-986-361-185-1(第5冊；平裝)

857.7　　　　104012619

三日月書版

三日月書版

GOBOOKS
& SITAK
GROUP©

GOBOOKS
& SITAK
GROUP©